怦然心動的文學課

須文蔚 著

【目錄】

輯二 閱讀與詮釋

輯三　書寫與表達

輯四　關懷與實踐

輯五　創新與探索

【推薦文】
多元且一新耳目的教學策略

廖玉蕙（作家）

曾經有人問我，對學生時代國文課的印象。我腦袋竟然一片模糊，模糊到曾經上過哪些課文都不記得。記憶之所以模糊，後來追根究柢，就是當年上國文課，多半淪於表淺的記誦，志在應付聯考，對於像我這樣記憶力差的學生其實只感受到負擔。因為從來不曾被文本打動過，時移事往，自然就遺忘殆盡。

在文言、白話爭議的那段時間裡，我一再陳詞，最該及時力爭的不是課本中文白的比例，而是如何提振老師的教學熱忱與精進求知的意願。如果教學者有開闊的胸襟和能力，什麼樣的文章在課堂上都可以透過討論讓學生受益，即使是負面文章，如果老師心中不是只有一個答案或堅持唯一的解讀方式，容許多元存在，其實都能在師生互動中，找到正面的意義，就算只是糾謬都會有所收穫的。

基於一向秉持的「學習是為了讓生活更容易」的信念，我主張文學教育得朝「以人為本」前進。文章無論古典或現代，如果能比較貼近生命經驗，或跟生活產生連結，才能達到預期的共鳴、豐富或提升的目的；而要達到這樣的理想，端賴身為作者與學生中介的第一線教師，憑藉他們的學養和人生歷練來引導。師生一起鑑賞美麗，深刻挖掘文章的意義，進而對思想的啟迪有所助益。讓豐贍美好的作品，提供舒徐澹定的能量；讓樸實深沉的文字，打動內心，讀出意在言外的委婉迤邐。我堅決相信，只有著力師生在課堂上討論、切磋、共享，才能真正深植人心。

當我看到這本《怦然心動的文學課》時，真的非常興奮。是的，就是它！它完全達到我長期以來對教學方法改進的期待。我盼望教師能突破只是作者生平、注釋、翻譯的藩籬，往深處挖掘出文章的真精神。原本我呼籲的是老師相互多觀摩，藉由聽演講、參與研習來精進每位老師的教學策略，但這本書的出現，讓這樣的期待更容易普及與實踐。

書中蒐集了許多實用又動人的教學案例，實施起來難度不高，但效果應該相當不錯。譬如：讓學生翻找字典，追索自己名字背後的意涵、典故與父母的期待；或給父母寫封信表達感謝，其中還附上回郵，由老師代為寄出，期待家長的回音。兩者都在某種程度上促進了親子間的情感流動；另外，跨界電影，請《心靈捕手》、漫畫《麻辣教師GTO》等來助講《論語》，一方面為「好老師」找定義，一方面也能體會孔子教學的活潑熱血，並彰顯血肉之軀的孔子也有屬於他的沮喪和困厄。閱讀唐詩〈石壕吏〉裡杜甫筆下的社會關懷，探究文字如何成為改變社會的力量後，可以進一步思索新聞報導是怎樣影響當代社會與閱聽人，帶出媒體識讀的重要；閱讀〈再別康橋〉，在找出徐志摩曾經行旅過的路線之餘，如果能進一步把地理圖資與多媒體系統統合到課程裡，看見徐志摩依依不捨的康橋及作者生涯的移動路線，文學與地理資料的交錯，便呈現出繽紛的生命脈絡，必然跨越有限文字，吸收更多風土人情。其中最讓我動容的是一篇題為〈街角遇見王禎和：以編輯課建構文學走讀〉的文字。因緣於學校獲贈一批小說家王禎和的藏書，師生遂興起以「王禎和文學地圖」為題，設計一本文學走讀的導覽手冊構想，展開了一場閱讀、爬梳、整合的企畫大ＰＫ。學生從摸索中，逐漸從陌生到熟悉，歷經各樣的考驗與刺激，王禎和彷彿又透過文字重返花蓮。大夥兒的齊心投入，堪稱熱情大噴發，這段學習歷程必然讓學生終身難忘。

總之，這書記錄臺灣教育團體中的各方優秀教師用心研究、開發並實驗過的策略。它用嶄新思維詮釋古老思想，用前衛手法還原文學情境，從神韻上解析作品的美學，提供多元且眩人耳目的教學精華。其中有文章地景的實地踏查；有專題製作的課程；有跨領域的融合，有古典的現代化，有中外文學的相互比較……無論古典或現代，都從生命深處的情意開發起始，循序爬梳如何深度閱讀、多元詮解，款款敍說書寫方法與創意生發；接著探索社會情懷的實踐；最後眺望未知卻滿懷期待的未來。

這些精心設計的教案，以說故事的方式進行，不再是單調無趣的記誦或複製，它聲、色俱足，幽默有趣，充滿生命力。非常期待老師能從中習得要訣，並融會貫通後，找出屬於自己的創意學堂，成為一位廣受學生喜愛並懷念的老師。

【推薦文】
也許這本書會給你答案

宇文正（《聯合報》副刊主任）

你一定有這樣的印象，在校園裡，所有老師都回家了，只有國文老師，戴著深度的近視眼鏡，收拾桌子，然後捧著一大疊作文本子回家，他們的袋子永遠比別人沉重。有的甚至還有學生的日記，這不是學校規定的，但是他們要求學生，多動筆，多讀、多寫，是增強國語文能力的不二法門。學生哀鴻遍野，但每多出一項功課，這位老師要多改幾十份作業。他（她）怎麼那麼傻？我的國文老師就那麼傻！展讀須文蔚教授《怦然心動的文學課》，我看見我老師的身影，國小的，國中的，高中的國文老師……

這是一本令人流淚的教育筆記。在第一輯「情意與生命」裡，我們看到帶著孩子們走進社區，採訪、聆聽；引導學生攤開紙筆給家人寫信；帶領讀書會；在週記裡和學生談心的老師。有師生協商，來決定要讀什麼作品的國文課；有以當代眼光反思經典的國文課。不僅是學生，被採訪的長者，收到信的父母，甚至師長自己，都在這些交換的故事，傳遞的文字，思辨的語言中，得到成長和療癒。

國文老師經常是必須帶回最多「作業」的老師，卻也往往是跟學生最親近的老師，透過閱讀學生的作文、週記、日記，他們接觸到的不是分數，而是學生的內心世界，因此往往亦扮演了學生的心靈導師。畢業後，讓學生最想念的，經常就是國文老師。

展讀第二輯「閱讀與詮釋」，很歡喜遇見了我的好朋友，詩人老師凌性傑說得好：「國文老師最重要的工作不在教導學生什麼，而是用語言文字彼此陪伴。」經典文本在這些老師的帶引下，我們讀到「國家」與「個人」價值孰高的思索；以生活問答貫穿古典與現代的教學實驗；如何設身處地理解小說家賴和的時代與命運？更靠近生活一點，大家來辯論：社群網路帶給我們的利與弊？甚至把世界文學帶進國文課堂，契訶夫、莫泊桑、歐・亨利，國文課也可以是眺望世界的一扇窗。

我也喜歡看到「書寫與表達」這一輯裡，學生們以微電影拍攝、以行走、踏查，以分組簡報、圖文創作，以小說書寫，打開親近文學的種種可能。第四輯「關懷與實踐」，引領學生把關懷面擴及弱勢族群，接觸種種社會議題，乃至於戰爭、災難，和學生一起蹲在人生的現場。第五輯「創新與探索」，則開展更多國文課的跨界思索。

這是一部令人驚喜的國文教學「祕笈」，充滿了創意、行動力和對學生的愛。讓我們知道，在這片土地上各個角落，有那麼多聰明、溫暖的老師，努力的打造創新的課堂，陪著孩子腦力激盪，沉吟、反思，打開他們的視野，關懷我們所處的社會，愛上閱讀，愛上文學，以文學安頓身心。

我甚至認為不只是國文老師可以從這本書裡得到理解慰藉，各領域的教育工作者，都能從中獲取教學的靈感和創意。家長們也不妨一讀，你會深深的感動，甚至願意重新思索對孩子教育的想法，讓家庭與學校教育相輔相成。至於親愛的孩子們啊，「老師，為什麼要我們讀那麼多古代的怪咖故事？」也許這本書會給你答案。

【推薦文】

在課堂上散發文學觸動人心的力量

黃國珍（品學堂創辦人）

今年第一波讓人感到涼意的東北季風報到之際，出版社友人告知須文蔚老師有新書即將出版。回想幾次與須文蔚老師交流的經驗，他溫文儒雅與開放誠懇的身影在腦海中浮現，心頭有份溫暖。我詢問友人須老師新書的書名，友人說書名是《怦然心動的文學課》。雖然還沒讀到內容，這書名已經觸發我的思考，怦然心動的文學課是怎樣的面貌？我有沒有上過讓人怦然心動的文學課？

我在不同學習階段都有遇到令我印象深刻的老師。如果特別要說與文學有關的課，我依然記得四十三年前，國中一年級的一堂國文課。

我國中的年代，學校有很清楚的好壞班之分，而我是那不好也不壞的普通班學生。當時我的國文老師是張遠功先生，將屆退休的年齡，稀疏灰白的頭髮，每天都梳理得整齊，一口濃厚外省鄉音的國語，講起課來手持著直挺挺的課本，嚴肅且正經。當天他講的課文是選自清朝文人沈復所著《浮生六記》中的〈兒時記趣〉。順著文章的內容，他逐字逐句地將文言文轉換成我們能懂的字句，說到：「又常於土牆凹凸處、花臺小草叢雜處，蹲其身，使與臺齊。定神細視，以叢草為林，蟲蟻為獸；以土礫凸者為丘，凹者為壑。神遊其中，怡然自得。」一時，他當天不知何故，眼神中露出平時少見，一絲隱約的柔軟。講課過程中，文字似乎將他帶回他的童年，述說著自己童年的趣事，呼應課文中的情境，彷彿我們都是他兒時的玩伴，一起神遊其中，怡然自得……

但這趟神遊就停在這一刻，因為張老師彷若回過神來看著課本無語，又轉過頭來望向班上的同學，而我的位置剛好就在承接他眼神的方向，只看到張老師眼眶泛紅，淚水頑強的掛在眼角。那一刻的靜默，我面對不曾有過的錯愕和某種我當時還不懂的情感。課文內容觸動張老師個人的情緒，遙遠的兒時記憶疊加離鄉的時空距離，包括那些記憶的、思念的、無奈的、失去的、現實的、曾經的及沒機會實現的種種，凝結為沒落下的淚水和時間暫時停止流動的瞬間。轉眼片刻，張老師回過神來清清喉嚨，接續課文中癩蛤蟆上場的大戲：「一日，見二蟲鬥草間，觀之，興正濃，忽有龐然大物，拔山倒樹而來……」下課鐘響起，我坐在書桌前回想著那一刻，我不清楚自己是被張老師的眼淚給觸動，還是在這堂課看見課文、講者、知識、經驗、記憶、生命交融在一起所震懾。這一切不是張老師刻意而為，但那一刻我似乎感受到課文背後不屬於知識，卻更為深刻而巨大的東西。雖然已是下課時間，胸口卻還在怦然。

《怦然心動的文學課》是怎樣的教室風景？當我收到書稿翻開閱讀時，很喜歡須老師撰寫這本書的心思，書中沒有述說理論的學術語言，也沒有流程簡明的操作步驟，更沒有轉譯他人觀點的知識搬運。而是以建立在真實訪察的瞭解，用報導文學般的筆調，介紹三十多位服務於不同學校的國文老師，在課堂上以學科為核心，從課文開展古今中外文學作品的閱讀，融合各自生活經驗與關心主題，以創新的想法改變過去課程的設計，讓孩子參與同理、思考、歸納、分析、比較、辨證、反思的探究歷程，帶給孩子課堂與學習。閱讀的過程，不時出現讓人怦然心動的話語及親師之間的互動。書中每一位老師設計課程的構思，為理解作品、引導討論的提問設計，經須老師以素養導向做為底層脈絡的整理介紹，讓我更清楚看見老師們用心為今日的國文課創造多樣面貌及豐富內涵的成果。

拜讀完《怦然心動的文學課》之後，我發現書名一個微妙之處。這本書明明都是介紹國文老師的課堂，但須老師並沒有用《怦然心動的國文課》當書名，而是選擇用「文學課」三個字。我認為這是進一步理解這本書與其價值的重要線索。

國中開始，原本國小的「國語課」變成「國文課」。課本選文清一色都是重要作家的經典作品。希望學生透過這些作品，學習國文的進階知識、認識文化發展的脈絡，理解不同時代文化的特色跟內涵，以及人格典範所彰顯的價值，延伸至生命教育的面向。更深一層來看，這些作品反映作者在他當下生命中，如何面對關於個人或是家國的問題，照映出生活的視角、社會的切片和時代的氛圍，寫下深刻動人的感受或透澈的洞見與反思。但是教學者若只以過往國文課考試的慣性眼光看待這些選文，被單一條件的考試思維所限制，形成本末倒置的教學，這一切將只剩下功利的分數，作為教育功利的證明。

從古至今，世界的面貌早已不同，但生存在其中的人所面對的問題，生老病死、興衰更迭的本質不變。文學作品呈現身為人面對真實情境與問題的多樣性，可以是孩子接軌現今真實世界，探究問題的參照。在新課綱中預期孩子有能力發現問題，解決問題，成為終身學習者的教學目標，也能經由理解作者的探究過程中，培養能力並獲得啟發。因此，我認為須老師規畫這本書的內容，並以文學課作為書名，懷著一份深遠的提醒與期待。提醒國文老師們，課本的選文在課本之外是文學，是作者生命的萃取，是我們集體的連結，有我們共通的情感，能激動我們彼此的心跳。若我們能轉變固有國文課的想法，讓每一篇課文在課堂上散發文學觸動人心的力量，成為孩子真正投入學習的動機，一場對應新世代教育趨勢的國文教學蛻變將由此展開。期待這樣的想法可以在教學者間擴散，最終，成為課堂上傳遞給每個孩子，一份所有人能擁有的怦然心動。

【自序】

文學教育當與生命和生活息息相關

文學究竟如何走進我的生命中？我想應當是八歲那年，總陷溺在一個夢境中：我坐在一個巨大方塊上，飄浮在外太空中，天幕上有閃爍的星星，四方有許多緩慢飄飛的灰黑小星球，接近我，又飛走。

在沒有科幻電影可看的一九七〇年代，小腦袋裡究竟如何形塑出這麼生動的畫面？應當來自閱讀。我的第一堂文學課是從大量閱讀中開始的，鄰居大姐姐葉潔宇送了一大箱書，裡面有《封神榜》、《三國演義》、《說唐》、《地心歷險記》等中外文學。在此之前，我們家的書櫃裡只有《古文觀止》、白先勇的《遊園驚夢》、南宮博的《中國歷史故事畫傳》和一些父親準備特考的會計學教科書。

奇幻的小說總讓人入迷，買不起兒童讀物的窮孩子，就跑到國語日報門市，鎖定東方版的少年小說，一個下午囫圇吞棗讀三本，帶著滿滿的故事情節回到家中。絕對是腦神經太活躍了，到了夢裡，總是會偷偷搭乘著巨大方塊升空，飄飛在無垠宇宙。

到了中學以後，閱讀量大了，又讓升學考試折磨，夢中總在算怎樣也算不對的數學，倒是白天的文學探險變得更豐富。

中學時期的臺北正是威權與開放交替的空間，城市裡到處湧現新奇的文字，特別在溫州街、羅斯福路、汀州路一帶，臺大與師大生活圈中，過去懸為禁書的五四新文學、黨外政論雜誌、各色文學同仁刊物乃至左翼的經典論述，都悄悄從禁忌或邊緣的角落現身，或以粗製濫造的翻印之姿，或隱沒作者姓名，飽足一九八〇年代時，學子飢渴的求知欲。

在此之前，魯迅、周作人、沈從文、巴金、老舍等耀眼的文壇巨擘，遭一紙禁令給冰封在文學史中，就連大學的中文系裡，也乏人研究。在讀高二那年，筆名艾農的趙潤海翩然到辭修高中教書，擔任「寫作研習社」的指導老師，他帶領一群不知現代文學為何物的孩子，讀沈從文、周作人、魯迅、老舍、茅盾、張愛玲，讓我們有機會回溯斷裂的五四傳統，帶給我一堂又一堂精彩的文學課。他更耐煩地幫我批閱詩作，從極為散文化的行與行間，告訴我何謂「詩的語言」，告訴我斷句該如何運用，我從他工整的眉批中望見了意象、節奏與結構的奧妙。

艾農一邊寫作碩士論文，一邊指導中學裡的文藝社團，給同學開了一張長長的新文學書單，由我負責張羅來供讀書會討論。《吶喊》、《徬徨》、《邊城》、《駱駝祥子》這些現在俯拾可得的名著，可難倒了一個中學生。

在高二某個週末午後，信步從羅斯福路轉往東南亞戲院，在兩旁淨是小吃、成衣攤販的小巷道中央，站著一個黑衣男子，瘦削、白皙的臉上，架著一副黑框眼鏡，身前擺著一只〇〇七手提箱，裡面放著一疊疊書，我好奇往裡一瞟，居然有魯迅的小說。

黑衣男子用特務交換情報的謹慎，低聲推銷《吶喊》、《徬徨》、《阿Q正傳》給我，還附贈《關於魯迅》的史料彙編一冊。我興奮地接過書，翻讀翻印自香港、字跡有些模糊的書頁，當下掏出錢買了下來，順便帶了沈從文的《湘行散記》。

臨走前，男子說：「我下週還會來，不一定在戲院旁，也可能在臺大附近。」我記下了特務先生的囑咐，可是從此在溫羅汀一帶瞎混，再也沒見到他的蹤跡。

倒是從那個時候起，翻版的一九二、三〇年代文學開始大舉出現在臺大附近的書攤上。販賣禁書成為一股挑戰權威的知識力量，禁書攤有的擺在騎樓下，更妙的是有書商乾脆用貨車載書來，掀開帆布篷，不但有錢鍾書、沈從文、老舍、蕭紅和茅盾的小說，就連《資本論》也赫然在列。我原本立志非中文系不讀，但在送志願卡前，受到簡易老師的鼓勵，就踏進了東吳法律系。

大學時期，我曾經在延平南路的法學院中遇見蘇格拉底。法學院老師的教育強調蘇格拉底式教學法，因為蘇格拉底善於一對一的個別化教學，常藉審慎的問答詰難，叩竭學生心思，善於因材施教。特別在英美法課堂上，老師多利用蘇格拉底式辯論，強調法律案例解析，學生必須事前預習並書寫摘要，老師於授課時不斷提出質問，交互論辯，讓課堂經常保有張力、火花與現實的省思。這段時期，我加入了「南風」和「曼陀羅」兩個詩社，堅持在文學大海中遠航，也藉由參與辯論活動，更熟悉了公共演說與修辭學的基礎。

一九七〇到一九八〇年代之交在溫羅汀逛禁書攤，固然頗為刺激，其實在舊書舖子挖寶，更會見到一些「隱姓埋名」的好書。「公館舊書城」從靠近公館圓環邊上開業，到隨後搬到汀州路三段，一直都是我蒐羅書籍重要據點。高中時買到精裝本魯迅的《中國小說史略》，或是馮友蘭的《中國哲學史》，都沒打上作者的姓名，買的時候根本不識貨，買後束之高閣，應付聯考去，等上了大學後，拿給吳彩娥老師鑑定，才知道原來都是大師手筆。

公館舊書城的吳老闆整理書籍的本事一流，狹仄的店面裡，品類清楚，特別是文學書籍，依照開本排列，井然有序。窮學生零花不多，所以目標就鎖定一九七〇年初頗為流行的三十二開本「口袋書」，像是文星書店、大林出版社、晨鐘出版社的系列作品。舉凡余光中的《左手的繆思》、《逍遙遊》、王文興的《龍天樓》、施叔青的《約伯的末裔》、王尚義的《狂流》、林海音的《作客美國》、何凡的《不按牌理出牌》、於梨華的《變》、白先勇的《遊園驚夢》等，多半折扣後，一本只要十到二十元，當時閱讀成痴的少年，一舉能多帶幾本書回家，自然不會放過。日後這些見證臺灣現代主義文學風潮的出版品，還能供我指導的研究生寫作論文參考，倒是始料所未及的。

窮小子除了在舊書攤翻找文學經典，看看過期黨外雜誌外，偶爾走進「香草山書屋」或是「書林書店」，都會有莫名的驚喜。觸及文學圈同仁雜誌發行的刊物，或是詩人自行出版的詩集，像遇見小情人，心跳都會加速。特別是香草山書屋，本來在傅園旁，後來搬到對街上，作家託售的詩文集，多半放在矮櫃裡，俯身尋覓，找到心儀的書籍，到櫃檯結帳時，體貼的店主人會放進一張精美的書籤，上面寫著泰戈爾的詩，配上精美插圖，讓人難忘。

我在讀研究所時遇見另一個蘇格拉底，是在街頭談哲學的教師。在歷史上蘇格拉底是兼業教師，不以教書養家活口，他每天徘徊雅典街頭，聚眾傳道授業解惑，求以普渡混混沌沌的雅典同胞，他不在乎有無固定的教室、教材及學生，只要大家向學，求責去愚。當時政大傳播學院的老師們：陳世敏、汪琪、鄭瑞城、吳翠珍、馮建三等人，熱心帶領學生一起從事媒體改造運動，推動公共電視法制化，打造媒體監督的機制，讓學生體會知識與社會實踐密不可分，更細密地教導了學生修辭與寫作的方法。

我在政大新聞所上了一生中最重要的幾堂寫作課，臧國仁老師的「採訪寫作研究」、鄭瑞城老師的「雜誌寫作」還有林元輝老師的「報導文學」，都精彩絕倫，我保留了老師們的授課計畫表與讀物，一路帶進中文系我任教的課堂，成為我的祕密武器。

回想起三十多年前，臧國仁老師就把「採訪寫作研究」這門課，設計成「做中學」的編採實驗室，所以我們一批菜鳥研究生，每週既要讀大量的英美新聞、管理與認知科學的論文，同時要到新聞現場採訪，開線索會議，競爭上版面的機會。

臧國仁老師的翻轉教學，讓學生自主學習，他可一點也沒放過自己。我們寫的每一篇稿子，他都細心批改，細到提醒我：「文蔚，請買一本《如何使用標點符號》，你不太會用分號和句點。」當然更重要的是，老師教會我如何更生動地書寫，避開形容詞，讓文句有力量。

相對於當時許多新聞寫作課，多半在練習「改寫新聞」，或是採訪寫作，臧國仁老師已經導入「企畫寫作」。他要我們提出「雙十節」的新聞企畫，在節日期間多半都是華僑歸國、國慶寶寶這一類的新聞。我到圖書館翻各種年鑑，找到《世界發明文獻中國名人錄》，逐頁查詢，有四位發明家是雙十節誕生的，於是企畫報導他們的創意與貢獻。搭配剛找到一本有趣的論文，研究「二十位傑出發明家的生涯路」，對發明家的特色、人格以及生活態度較有認識，因之覺得這個題材也相當可行：「辛亥年革命建國，看今朝發明濟世。」作業上繳，老師似乎覺得還可以，上課時小小表揚了一下。

老師把我們丟到現場，不僅僅要跑新聞，企畫故事，還測驗我們如何能取得陌生人的信任！當年正好是立委選舉，因此有個作業是到不同立場的候選人政見會，採訪聽眾。於是我在一九九二年十二月十四日晚上，選擇了兩場政見發表會，一場是民進黨的顏錦福，一場是國民黨籍的郁慕明。我一直記得在金華國中禮堂，顏錦福的政見發表會會場中，許多聽眾熱情說出支持在野黨的理由。這次的採訪經驗很難得，讓我一生都樂於試著和陌生人談話，練習發問，打破藩籬。

另一個有趣的作業是，跟著一位資深記者跑一天新聞。我請《民生報》記者薛荷玉當我的業師，她十分熱心，主動連絡，並對此次採訪工作提出規畫與建議。我在十二月十二日早上跟著她走進行政院環境保護署，張隆盛接任環保署署長不久由於接近大選，因此報社重點放在選舉新聞上，而且張署長上臺後對於許多的政策漸漸趨向保守，因此恐怕沒有有趣的新聞故事。

記得當天薛荷玉還帶我採訪她的副線——科技。這一條線是《中國時報》記者李景駿介紹的，內容是國人開發出的電視繪圖板，特點在於可以畫動畫，並且結合教育功能，十分有趣。我側面觀察，薛在採訪這一則新聞時因為對於事件較為陌生，問問題使用較多開放性的問題。事後，我們各自寫新聞稿，臧國仁老師還要我比較專家和生手寫作的差別。如今回想起來，一位老師願意壓縮課堂時間，同時導讀理論，指導採訪，修改文字，是多麼難得啊！我總覺得在通往傳播學院的長廊，我應當遇見蘇格拉底了。我在傳播學院中，有臧國仁老師願意不斷和學生辯論，批判思考，逼問我們一門課程究竟該如何教？又該如何學？當我成為大學老師後，總會在課堂上不斷和學生交流的大哉問。

取得博士學位後，進入東華大學中文系任教，有幸和楊牧、顏崑陽、許子漢、謝明勳、許又方、吳明益一群博雅、開闊、多元的老師共事，我在文學院中遇見另一群蘇格拉底。他們放縱我詢問：「教師是知識客觀的傳授者？還是可以流淚？」從他們的寬容中我發現，就關心人間疾苦與拯救人世混亂失序而言，蘇格拉底是有淚的哲學家，也是有淚有愛的偉大教師。當時擔任文學院院長的楊牧，總是提醒我們應當以詩的創造為抱負，更要以理想為嚮導擴大自身的抱負，我永遠記得他曾說過：「詩是宇宙間最令人執著，最值得我們以全部的意志去投入，追求，創造的藝術。它看似無形虛幻，卻又雷霆萬鈞；它脆弱而剛強，瞬息而永恆；它似乎是沒有目的的，游離於社會價值以外，飄浮於人間徵逐之外，但它尖銳如冷鋒之劍，往往落實在耳聞目睹的悲歡當下，澄清佹偽的謊言，力斬末流的巧辯，了斷一切愚昧枝節。詩以有限的篇幅做無窮的擴充，可以帶領你選擇真實。」原來文學關心的不僅只是詞藻的美好，更巨大的美好是「平」與「愛」，總稱之為社會正義，或公義。

因為楊牧院長的授權，顏崑陽老師的指導，我在文學院中開始推動文學傳播、數位文學與報導文學相關的課程，更進一步成立數位文化中心，協調資訊科技、文學、歷史與人類學的教學創新，其後更推動「資訊與文化傳播學程」以及「文化創意產業」學程，並且受張高評教授之邀參加跨校的教案製作，先後編寫過數位文學創作、電玩文學與報導文學創作等實用中文講義。

我經常想像蘇格拉底坐在大樹下和學子辯論的樣子，學術的教學與討論正是一場一場的「饗宴」（Symposium），固然可能在室內，也不妨在廊下、園囿，老師和學生邊走邊說，沿著雕花裝飾的走廊散步過去，他們比手畫腳，嘴巴不斷搶著講話，互相駁斥，但又不時駐足停步，為了引起對方的注意，用手掌拍打廊上錯落擺設著的雕像，縮手，又拍拍對方的肩膀。這是多麼美好的畫面？所以對我而言，老師負擔的功課不只是講臺上的講授，更應當在校園中創造深刻、精美，熱衷而熾烈的對話。

作為一個大學老師，我透過媒介素養、報導文學、編輯採訪和社團的課程，回應蘇格拉底對教師永恆的質問。他反覆問一個問題：「德，能不能傳授？」我相信大學教育中德育是長存的，透過作業考驗學生的人際關係處理？讓學生負起責任？讓學生不時望見社會責任？讓學生時時反思終極關懷？看似很嚴肅，但天天都會發生在老師和學生的對話中。

等到自己當了家長，面對升學怪獸，要教養孩子，終日惶惶不安。一日我突發奇想：如果能多認識優秀的高中老師，偷偷取經，那該多好？

所以二〇一一年底，北一女駱靜如老師邀我參與規畫國文學科中心第四屆種子教師培訓營，我便一口答應，抱著學習的心態，也提出跨領域的思考，導入邏輯思辨與田野調查，以「思辨與語文表達」作為年度主題，陪伴一群熱心教育改革的國文老師遠赴芳苑，在國光石化停辦爭議後，走進現場，傾聽在地人依舊存在環保與開發對立的各種論點。

國文教育要如何改革？我總覺得不是文言或白話的比例的問題，更不是文學與語文教學消長的問題，而是國文教師是否「生命在其中」？我和高中國文學科中心大批極其優秀的種子教師，一起合作備課，一起每兩年辦國際研討會研討教學理論，逐年從讀寫故事（敘事與小說）、報導文學口述史與書寫、抒情傳統與文學教育、戲劇與國文教學、文學史教學、跨領域專題製作課程、口語傳播與國文素養、國文教學中的文學批評、媒介素養與文學、表達力與探究式教學設計評量、以創作理論建構加深加廣課程，一忙就忙了超過十年的光景。

一轉眼，我的兩個孩子也長大了，我「偷學」與「自學」的旅程，竟然還在繼續！駱靜如老師退休後，執行祕書由陳麗明老師接手，沒有變的是，種子教師培訓營三天的企畫還是老師們口中的「魔鬼營」，作業多，課程重，但報名總是極其踴躍，我因此有緣認識更多新生代的高中國文老師，聆聽一門又一門精心設計的教案，我總是感受到文學教育無比動人的力量。

二〇一四年底，承蒙國立教育廣播電臺花蓮分臺黃凱昕老師的提攜，我們共同製播《魔術方塊：須文蔚的文學時間》節目，期望轉動聽眾對文學想像力和熱情，其中「最難忘的文學課」單元，我想找到一個老師，一個作家，重現讓人著迷的文學課，也累積了五十多位老師的採訪資料。

二〇二〇年，我轉赴國立臺灣師範大學國文系任教，諸事忙亂中，汪詠黛老師推薦我寫作《人間福報》副刊專欄，主題可以自訂，我便想了個好題目「怦然心動的文學課」，想說說自身教學的經驗，報導在教學現場以生命觸動生命的故事。在各式各樣新的教育政策下，讓我們相信藉由老師們重視情意與生命、閱讀與詮釋、書寫與創新、關懷與實踐等面向，堅守文學本位，深耕人文的力量，可以一直陪伴學子到未來。誠如威斯利安大學校長邁克爾．羅斯（Michael Roth）所說：「人文科目會給予你的內心和腦海必要的元素，讓你今後幾十年在完成創造性工作時都受益無窮。」也期待讀者從本書故事中，體會出古典文本其命維新，書寫有著改革世界的力道，文學教育當與生命和生活息息相關。

我因為痴迷文學，竟然可以在法律系和新聞研究所畢業後，到大學的文學院中任教，甚至有機會在民間講堂客座，日日讀自己喜愛的現當代文學經典，再把動人的故事與感動講述給臺下的學生和聽眾，我總覺得自己幸福無比。尤其是經典作品，每次重讀不僅有舊地重遊的溫馨，也都顯現出年少時忽略的思路與意涵。我喜歡卡爾維諾的說法：「經典之書能帶來特別的影響，無論是它們深深銘刻在我們想像之中難以忘卻，還是隱隱藏匿於層層記憶之下偽裝成個人或集體的無意識。」

就像每一堂令人怦然心動的文學課的影響，絕對不僅止於讀懂一篇文言文，或記得一個故事，或背誦下一則註釋，而是會隨著下課鐘響後，餘音不絕，將會傳播到教室之外，成為感動人心的言說，引發綿綿的迴響。

輯一／情意與生命

文學課可以帶給學生情意、待人處事以及人際溝通的素養與能力。

以故事交換故事，以生命觸動生命

蔡永強是一個敏感於社會、人事、風土的國文教師，游目騁懷時，發憤抒情，是他一直執著的工作。

我和永強的文學教育生涯曾交錯在花蓮，我在東華大學，他在花蓮女中教書，也為了寫碩士論文《山海的女兒：五位原住民女性教育菁英的生命史研究》，曾到我輔導的卓溪鄉布農族田野調查，當時沒有機會結識。後來永強因為工作關係，先後到政大附中、瑞工、桃農、壢中、北一女等學校教書，因緣際會，我們成為改革國文教學的夥伴。

記得是一〇二年國文學科中心種子教師研習活動，我以「讀寫故事」當主題，因為我知道說故事確實是一個陌生教學課題。長年以來，中學國文教科書選文受到詩、散文典律影響很深，在教學現場，小說的閱讀詮釋，乃至於創作，都不是課堂的常客。在分享活動中，我聽永強講述在瑞芳教學經驗，十分感動。

瑞芳是一個充滿故事的地方，過去以礦業為主的社區，生死攸關的事件天天發生，使得礦坑間流傳著許多不可思議的傳奇。因為工作風險高，礦工的收入高，不少人過著紙醉金迷的生活，九份一度繁華的戲院、酒家和建築群等人文地景，和文字一樣，都能證明礦工及家人難以抒發的憂思與情懷。

永強在瑞芳總共任教了九年，因為一直保持關懷地方文史，常帶著學生訪問耆老，知道一些有趣的故事。老人家說，早些年颱風淹水，最高可以淹到二樓，住房地勢低的地方，連四樓都進水；老人家也說，基隆河本來清澈見底，清代開始挖礦，各種汙染，一度混濁不已，現在礦業沒落，又還給住民一條清溪。蔡永強說：「帶著學生跟年長者深度晤談，是難以忘懷的教學經驗。」

國文老師經常忙著講述與詮釋，其實傾聽才是一門功課，而真實的採訪與寫作的任務，會讓孩子更懂得聆聽。對老師來說，要懂得聽見同學在搞笑的發言、看似枯燥的週記或命題寫作的作文中，流露出青春的徬徨、恐懼甚至求救訊號，而永強總是願意耐心當偵探，發現問題，解決疑難。畢竟當一個國文老師既是經師也是人師，更要經歷生命故事相互交換的歷程。

蔡永強說，上歸有光〈項脊軒志〉時，他會跟學生說一個故事：從小永強跟爸爸的相處就困難重重，爸爸非常兇，經常體罰孩子，用衣架抽孩子小腿，如果逃跑，跨過三條街，一樣會抓回家，真是無所遁逃。隔天他穿長襪上學，同學笑說：「你又不是合唱團的，幹嘛穿長襪來？」其實是怕一條一條的瘀青成為笑話。爸爸年老後，一次要動心臟手術，子女素來不敢跟爸爸講話，相對無言，就在要進手術房的那一刻，爸爸哭了，他握著爸爸的手，也哭了。因為分享動情至深的故事，學生也回饋了許多生命片段給蔡永強。

一個男孩說，他的父母離異了，母親後來改嫁，等他年紀比較大了，他來進修部讀書，又有了工作，就想回去找生母，幾經打聽出生母住在南投，於是輾轉坐了巴士與公車循地址找到了母親。在母子相逢的一刻，生母正蹲在地上洗菜，只抬起頭來無奈的說：「你來做什麼？又能怎麼樣呢？我已經有新的家庭。」那男孩講完後，前排的幾個女同學都落下眼淚。

那麼多的眼淚提醒一個老師，課堂上的學生不少是單親的孩子，他們渴慕親情，但情感總是殘缺。永強知道，〈項脊軒志〉有動人的力量，正如我們生命中存在值得我們體會的親情，因為平常，所以常忘了值得探索，更值得我們寫下來感動的片刻，蔡永強強調：「其實我們都是有故事的人。」

蔡永強從在瑞工開始，就帶著孩子回看自己的人生，寫生命的故事。有個文采很好的女孩，永強一直陪伴她，鍛鍊文筆，構思篇章。

蔡永強問過她：「在你生命中，最震撼你的事情是什麼？」

「母親打我，到現在還會。」

「那就寫下來。」

「可是，我不想寫……」

永強知道，家暴受虐的感覺太傷痛了，還是先擱下來。但女孩說，她之前有一條心愛的小狗死掉了，也讓她震動與傷心。

於是在老師鼓勵下，她提筆記錄下交織甜蜜與傷痛的往事。女孩有一天撿到一條流浪狗，家裡窮，拿不出獸醫的費用，所幸母親用應急的方式把膿擠出來，竟然不藥而癒，但後遺症是小狗不會走直線，只曲折前進。小狗很忠實，都會接她放學，直到有天過街時遭遇車禍，離開了她。女孩落筆時，先寫小狗被撞死的那一刻，再倒敘，並用蘇軾〈江城子〉中的名句「不思量自難忘」中「自難忘」三個字當題目。

女孩的故事中寫下，不會走直線的小狗，其實就是一輪彎月。而在車禍現場：「我望見在雨傘外的你，漸漸散開的紅，在冷風中化作細細的霧氣，在車燈前，霧濛濛的燈光只是一抹朦朧，反照在馬路中央的，不是光，不是雨，是那一灘暗紅的月蝕，躺臥在紅月上面的竟是你。」

如此哀傷的經驗，因為有文學，女孩知道宋代有位哀愁的詩人蘇軾，和她一樣善於思念，懂得用月亮聯繫情誼。而到了現代，她心愛小狗流下的血，像新月變成了一輪滿月，這是她以文學舒緩疼痛的方法。

站在講臺上的蔡永強以故事交換故事，以生命觸動生命，不但書寫下來，師生還得到許多文學獎。獎座的光輝是一時的，文字的情深才長久動人，也只有來自生活的體會，才是真摯的抒情。

【心動聽】

蔡永強老師的文學課

作文課為一家人加溫

王若嫻剛到環球技術學院時，總覺得學生都很活潑、創新與充滿點子，下課時熱鬧滾滾，上起國文課時沉默如進入圖書館，無論她如何用力、再用力，都很難吸引學生的注意力。特別是學校規定的教材難度稍高，記得有次上到《漢書．藝文志．諸子略序》，她耐心剖析儒家、道家、法家、名家等等的差異，臺下設計科的同學幾乎睡倒一片，只有前面那一、二排的眼睛是亮著。第一堂下課鐘聲一響，王若嫻輕輕嘆一口氣，走出教室。

前排一個學生追出來說：「王老師，我們剛才都沒有睡覺，是顧慮老師妳的面子才撐著，我們現在下課先睡一下！」

王若嫻一時啼笑皆非，只聽到學生很有情有義地接著說：「老師放心，待會繼續撐，妳的課就靠我們幾個人喔！」

王若嫻知道，上課的熱情不能靠幾個同學來撐場面，她必須思索課程的設計與創新，以不一樣的方式來教中文鑑賞應用。她從自身文字學的專長出發，發想出一個學生無法上網搜索、剪貼與複製的作業「我的名字真善美」：讓學生翻找字典，追索自己的名字背後的意涵、典故與父母的期待。

自古以來，華人起名取字時一直重視意義，所謂「名之與字，義相比附」，更多父母親為孩子取名字時，深深埋藏著期許跟苦心。王若嫻在課堂對學生說：「你們的名字三個字中，去掉姓就只有兩個字，甚至一個字，就是父母送給你一生最大的祝福，也是最迷人的生命密碼。」要解開這個密碼，王若嫻要求同學上網去查教育部的《重編國語辭典》，一個字、一個字去探索更精確與原始的意義。同時，學生還必須訪問父母，記錄下採訪的時間、地點與答案，記得一定要詢問：當初取名字時有什麼期望與祝願？

學生普遍反應，從小到大都不知道教育部編了個免費的線上字典，打開手機，就能查找，非常方便。絕大多數的同學都是第一次採訪父母，家長很驚訝於如此溫暖的作業，也都認真參與和回應。有趣的是，縱使是一些常見名字，王若嫻也會與全班同學分享，個中優美與深層的意涵，特別是同學訪問父母以後，就更能發現名字中的真善美，也更因此建立起自信心。

下一個作業，王若嫻請學生寫一封簡短的家書，表達對父母的感恩之情，回饋父母親賜給他們美好的名字。王若嫻擔心學生天馬行空，就先給了範例，讓學生依循三大方向，首先，表達對父母的感恩，然後談在學校裡的學習狀況，最後一定要告訴父母，自己對未來的期許與抱負。

這個看似簡單的作業，對老師而言卻是甜蜜的負擔。學生都是數位時代的原住民，不熟悉書信的格式，也很少人正式寫過信封。加上用手寫五百字，老師要負擔沉重的校對工作，改錯字，甚至幫完全沒有標點的文章，梳理開來，維持孩子們的原意，再讓學生重新謄寫在稿紙上，學會修改自己的文章。最後定稿裝入直式信封交給老師，裡面還要附上回郵的橫式信封，由老師一一幫忙寄出，期待學生家長的回信。

一封封家書寄出，兩三天之後，王若嫻就開始接到家長的電話，甚至有半夜的來電。畢竟有些父母受限於成長環境的貧困，過去沒有機會讀大學，當孩子能上大學，家長本就引以為傲，當讀到孩子的來信，談學習近況，談遠大的抱負，實在太感動了。王若嫻說：「有些家長邊哭邊說，讓我沒有辦法接話。有些父母文筆非常好，回信就寫得滿滿的，還發動其他家人一起寫。」她把所有往返的魚雁整理好，上課時再讓孩子閱讀，感受來自家庭中滿滿的溫情。

有一個學生從小父母離異，到了十九歲時幾乎忘了母親的容貌，他上課時，不肯交作業。經過討論後，他改變了主意，決定去尋找親生母親。於是，他先向父親打聽，幾度遊說後，父親勉強給了地址。透過一封家書，住在臺北的他聯繫上母親，兩人約在臺中見面。他發現，媽媽一直掛念他，一直還單身，他自小心中的空洞填平了。原本不愛讀書，成天渾渾噩噩的他，對王老師說：「為了我的媽媽，我一定要用功，將來扶養她。」

在眾多家書往復中，王若嫻最心疼的是一封沒有機會返還的回饋。通常在學期末，她會把家長的回函發給同學，但有一位女同學得了腦瘤，突然蜘蛛網膜下腔出血，在接近期末考的三天前，一句話也沒留下，就離開人世了。媽媽第一次從臺北送她來學校時，是開開心心的；第二次來學校時，卻是為了整理遺物。母親睹物思情，抱著宿舍的柱子大哭，教官安撫不了，請老師來安慰。王若嫻帶著這位母親寫給孩子的回函過去，一封女兒沒有機會讀到的心意。兩人在宿舍前的大樹下坐下，一起流著淚，一起唸著信，一起回憶優秀、美麗、年輕的女兒。哀傷的母親漾起一抹微笑說著：「我非常高興收到女兒的家書，否則我不知道女兒怎麼想像我，也不知道她那麼思念我。」因為有這封信，一切的念想也就有了憑藉，這是文字神奇的魔力。而經歷了一場無常的人生經驗，王若嫻告訴自己，以後一旦收到回函，一定要立刻發回給學生，因為愛一定要及時的說出來。

在完成家書的作業後，王若嫻最後會為學生們講解《孝經》，因為有了親子互動，有了文字交流，《孝經》也就不再枯燥，成為立體而生動的生命教育了。王若嫻把原本看似乏味的文字學、應用文和文言文的教學，透過寫家書和認姓名的方式，讓孩子和父母親建立全新的聯繫，讓學生認識了文字的情感力量。收過父母親回信的學生都說，這篇作文一定要讓學弟學妹繼續寫下去，因為他們建立起自信，把文學的力量擔上肩，也期待傳承下去。

【心動聽】

王若嫻老師的文學課

國文課培養帶得走的能力

孫素貞就讀高雄女中時，成績好，但整日都眉頭深鎖。導師許家琴是虔誠的天主教徒，從週記裡看到了一個備受家庭暴力壓迫的孩子，所有的隱忍只能化為幽微的文字。在那個家暴還只是家務事的年代，老師並沒有任何介入的管道，只能陪著如驚弓之鳥的女孩，傾聽她的苦痛，透過批改作文與寫下評語，鼓勵孩子更堅強，拒絕死神來叩門。順利畢業後，渴望成為大學生的孫素貞受限家貧，只能到加工出口區工作，每天重複著簡單與一致的動作，忍受著機器轟隆的噪音。

一個假日，孫素貞沒有在家休息，拜訪小學的老師楊景祥，談到工作上的痛苦。楊老師說：「妳願意回到母校，擔任短期的代課老師？」

孫素貞喜出望外，能夠擺脫無聊的工作環境，重回校園，又有收入，最要緊的是有餘暇能讀些書，準備重考。五年代課與自學，存了足夠的學費與生活費，她才重新踏進大學聯考的考場。

順利考上政治大學中文系後，孫素貞比任何同學都珍惜學習的機會，每節課一定坐在講桌前第一排的位置，從來都不蹺課，很快就吸引了羅宗濤老師的注意。羅老師的中國文學史和唐詩都講得精彩，也關心這個「老學生」。在大二那年，半工半讀的孫素貞坐吃山空，眼看就要撐不下去了，她在下課時，對羅老師說：「我拿當代課老師的收入回來念大學，家裡真的太窮了，臺北生活費太貴，恐怕下學期要休學。」

清瘦但神采奕奕的羅宗濤皺起眉頭：「妳申請了助學貸款？同時工讀？」

「我已經申請了學貸，還在圖書館工讀，但依舊捉襟見肘！」

「妳成績那麼好，又比別人耽誤了那麼多年來政大，實在不要再耽誤了。」羅宗濤陷入沉思：「這樣好了，我推薦妳申請一個清寒獎學金，每個學期有新臺幣一萬元，看看能不能幫上忙？」

羅宗濤的協助如及時雨，讓孫素貞得以完成學業，也得以成為正式的國文老師。懷抱著感恩的心情，她回報的方式，就是仿效三位老師，細心批閱週記，從設定的題目中去發現需要幫助的同學，提供諮商輔導、課外輔導與生活協助，甚至一位學生的家長突然被倒債了，一時繳不出學費，擔任導師的她就協助墊款，墊到學生畢業後才返還。孫素貞關愛學生的故事遠近馳名，因此先後獲得臺中縣愛心模範教師、教育部教學卓越銀質獎、星雲教育獎高中組典範教師等殊榮。

孫素貞在國文課上強調的不是升學，而希望能教給學生帶得走的能力，因此不僅教書，更要教人。文學課可以帶給學生情意、待人處事以及人際溝通的素養與能力。她不斷開發新的課程模組，把主力放在：以讀書會增進閱讀能力、以專題報告促進表達能力，以及以社會服務強化知識實踐。

從二〇一一年開始，孫素貞在明道中學推動讀書會，學生從共讀中獲益匪淺，可以養成：嘗試、知識、見識、膽識跟賞識等五識。也就是透過同學之間的討論、分析與互動，在讀書之外，也同時學習到待人處事、做事方法與折衝妥協等無形的能量。

在帶領讀書會時，老師未必要指定書單，孫素貞會請學生推薦書，分組設計出一份書單，透過全班討論，找出一起共讀的目標。讀書會不僅是摘要內容，重點是找出分享的觀點。學生分工合作，自行選出領導者、查資料、製作簡報以及口頭報告者，然後一起討論、辯證與共享，透過分組報告，全班同學聽完後再回饋，豐富了一本書觀念的深度與廣度。孫素貞希望讓學生理解，一個人獨享固然好，但和別人共讀的時候，可以碰撞出更多火花，闡發出更多觀點。從小組讀書會中，學生從很粗淺的概讀，到後來品讀，全班一起解讀，分享書中的觀點，再回到個人的感悟上。每個同學都有各自的收穫，讓學生一個學期至少分享五本書籍，老師當然也因此得到許多意料不到的收穫。

孫素貞在閱讀外更重視寫作與表達，她強調：「寫作教育不應當是靜態的，當代口語表達其實更重要。」她在很早就著重口語表述，盡可能讓學生能夠有上臺講話的機會。她將寫作與表達分成兩部分：一是口語表達與報告，另一個則是專題探究與企畫製作。

在口語表達與報告上，孫素貞設計了讀書會的分享報告，也重視「生活列車」的報告，希望同學能關注時事，綜合分析報刊上的新興議題，希望同學像是編輯雜誌一樣，在有限的時間內蒐集與消化資料，每個人以三分鐘表述生活上的發現。

在近年來，一〇八課綱中強調探究學習與專題製作，孫素貞顯然「超前部署」了，她早在一〇一年時，就讓學生在成年禮中製作三分鐘的感謝影片，感謝家人、朋友或者老師，現場播放給師長與家長看。同學們在製作影片時，必須要發揮內省的工夫，從過往十幾年來成長的歷程，從家庭、校園、學習與社團活動中，篩選出精華的片段，融合感想與感謝，再將先前讀書會與簡報的能力發揮出來，企畫、表述能力以及閱讀思考的能力合而為一了。孫素貞強調：「從一個短片製作，學生帶得走的能力也就養成了。」

孫素貞的國文課不僅僅重視閱讀與表達，還鼓勵學生參與社會服務，不少學校的志願服務學習學分流於表面，校外服務通常就是報名去博物館、公共圖書館或老人安養院當志工，長此以往，師生都覺得過於樣板，接受服務的機構或老人家也不見得樂於接受為學分而來應卯的志工。孫素貞擔任導師時，總會和學生開放討論與辯論志工服務的形式。

「我需要志工學分，才能畢業，才能入大學！」

「我想擔任志工進入社區，協助社區的孩子閱讀，輔導弱勢兒童的課業！」

「我不希望志工工作耽誤了我的學業。」

「我想參與學校的服務社團，長期經營社會服務的工作。」

孫素貞很享受學生不同意見的交鋒，來往辯論後，熱情與有號召力的同學往往能夠喚起同學一起行動。一群高中生化身閱讀大使進入社區小學，帶動孩子閱讀，以說故事的形式，展開課業輔導，也讓文學課更立體，透過實踐進入學生的生命經驗中。

孫素貞雖然是資深老師，經常參與進修，開設書法、臺語文學等各種新型態的選修課，她以自身教學的熱忱呼應了孔子云：「學而不厭，誨人不倦。」也讓她的學生把文學的能力與情意帶往人生下個階段，成為滋養生命的養分。

【心動聽】

孫素貞老師的文學課

在週記裡等你的人

有一門文學課不在教室上，有一個人每週都在等著你，聽你傾訴，透過批改週記讓你成為一個更好的人，那是多麼幸福的文學課！

國立新豐高級中學陳皇靜老師大學剛畢業，回到家鄉新華高中任教，面對活潑好動的中學生，堆積如山的作文和週記，經常感到疲倦與無助。就在這個時刻，資深的徐素貞老師像個天使般出現，總給她許多溫馨的提點。

陳皇靜記得，在任教的前幾年，經常會遇到調皮、搗亂或者明顯頻率不對的學生，當下感覺挫折，也總會以負面的心態回應。講道理沒用，她只好用冷處理的方法對應學生，盡量不交談，保持距離，甚至彼此漸行漸遠。素貞老師在一旁默默觀察，一次語重心長地問道：「班上如果有孩子染頭髮、穿耳洞、沉迷在電動遊戲當中，或者談戀愛了，妳會怎麼評價這同學？」

陳皇靜不假思索：「這孩子就是不重視秩序，會慢慢跟班級疏離，終究很難融入團體。」

「妳會不會覺得，這些看似乖違的行為，其實都是孩子求救的訊息？」素貞老師顯然看出了她的疑惑，接著解釋：「因為孩子透過行為的混亂不羈，不遵守校規，或者對師長的不禮貌，其實正在告訴老師，他正處於人生的混亂點上，他需要妳的幫忙啊！」

一語驚醒夢中人，陳皇靜開始轉用正向心態看待課堂，展開迥然不同的溝通模式，觀察特異獨行的學生是否因為信任老師，藉著作怪叛逆發出求救信號？

陳皇靜的導師班上，有一個比較愛搗蛋的男生，其實是很靈活、很有自己想法、也願意認真讀書的孩子，可是他總是不遵守團體規範，從前輔導與談話後，老師總將自身的失望跟落寞，加諸在同學的身上，師生的關係越來越僵持。陳皇靜聽了素貞老師的建議，轉念覺得每個孩子都在等一個人，一旦那個人出現，讓年輕人感受到溫暖，進一步也會協助他找到新的人生方向。

陳皇靜收起了講道理與責備，藉由作文課，讓孩子書寫生活的課題。她也常常在作文卷的後面，多講些意見，像聊天一樣談些日常生活的點滴，當對話變得更輕鬆，原本桀驁不馴的男孩開始變化，上課時多了些規矩，雖然還是沒有辦法像其他的學生一樣循規蹈矩，可是覺得他像收起尖刺的刺蝟，不再會冷眼應對老師的關懷。陳皇靜說：「我也開始不再是一個天天講述體制，更不再是一個叨唸的老師。」

陳皇靜認真批改作文的靈感，也來自徐素貞老師重視學生週記的教學策略。徐素貞有自己一套規畫在週記中鋪排作業，每週都有簡單的命題作文，每個題目都是為學生量身定做的。譬如在新生入學第一週，青少年還在徬徨的時候，請學長、學姐寫下簡短的打氣文字，送給學弟妹，打開週記，會看到溫暖和鼓勵的前輩身影，讓學生安定許多。

徐素貞的週記題目中最有趣的是：請學生以漫畫的方式，以動物的形象描繪父母、兄弟、姐妹。她能敏銳地感受到學生所處家庭中，家人相互對應的關係是否溫暖？或者是否冷漠？甚至是否有暴力的對待？接著，素貞老師會請學生畫下人生的曲折起伏線圖，從起伏的曲線中，可以看見學生低潮點的困擾，也會理解學生最有成就的高點，掌握學生內心的恐懼害怕或是自信驕傲。就在眾多的圖表中，素貞老師發現了一個男孩，恐怕遭遇了困境。

這個男孩個性孤僻、不擅言語，他的週記透露出複雜的交友狀況。在家庭關係的繪圖中，則看見他自小父母離異，他只能跟著祖母一起生活，隔代教養關係中的冷漠與忽略，沒有兄弟姐妹的陪伴，為了排遣孤獨與寂寞，他和幫派成員稱兄道弟。於是素貞老師常在下課時間關心他，請他幫忙處理一些班級事務。素貞老師更常傳達給同學一個訊息，學校跟老師才是讓他唯一能夠回到正途的一條路。

過了一個學年，素貞老師接下總務主任的工作，並不再擔任這男孩的導師。一個冬天放學時段，天色暗得很快，男孩走出校門口時，迎面看見媽媽已經在對街的公車亭等待，一轉頭同時也瞥見一群幫派人物衝過來要尋仇，當下究竟要選擇快跑過路口找媽媽？或是折回學校尋求老師保護？他不假思索就回頭奔進行政大樓，奔進總務處。

校園裡同事都已經下班了，素貞老師在辦公室內加班，聽到一陣急促的腳步聲，一抬頭看見男孩軟弱與求助的眼神，這一點都不像過去那個好勇鬥狠的學生。男孩說：「老師，救我！」

「馬上把門關上！」素貞老師說：「不用怕，老師會保護你！」

素貞老師回想起週記裡觀察到的一切，這孩子一定是因為交友不慎，遇上了幫派的報復。她想起自己的承諾，也顧不了恐懼，在鎖上門的辦公室裡，拿起電話向教官求援，排除校門口可能發生的一場腥風血雨鬥毆。從此，男孩體會到放蕩不羈的生活中藏著巨大的危機，江湖道義帶來的是暴力的對待，老師確實願意挺身而出帶他回頭，他也就慢慢的與原本的交友圈切割開。

徐素貞就是這樣一個不可思議的老師，絕大多數的導師並不重視週記，學生也都只是應付地寫些生活雜感。而素貞老師投注心力走進學生的週記中，與學生對話，從中得到回饋。在素貞老師得到全國傑出優良教師弘道獎的時候，評審就都讚賞她，能把週記當成一座橋梁，在師生之間建立像是母親與孩子一樣的橋梁，讓週記成為一門寫作課，更讓學生知道學校裡永遠有一個人會等待與守護你。

陳皇靜也成為一個重視週記與作文的老師，畢竟給予學生一個生活化的寫作題目，可以幫助學生真誠書寫。陳皇靜認為，學生對世情的觀察與文字的力量，都要來自對生活理解跟體悟之後，才有辦法寫出更為深刻的文章，週記絕對是訓練學生更善於表達，更是老師認識和了解學生的重要媒介。

相信當有更多老師重視週記，就會有無數生動的文學課在教室外開啟。當學生知道有一個人會每週等待著你，仔細梳理文字中你的歡樂、矛盾或困頓，學生也會從老師的批閱評語與對話中得到力量，而能更有自信。

【心動聽】

陳皇靜老師的文學課

讓愛流動的教育故事

二〇〇五年春夏之交，馬嶔老師邀我參加開平餐飲學校的拜師大典，在餐飲界赫赫有名的大廚師端坐臺上，學生們已經忙了許久，準備活動的料理，布置會場，接待賓客。在典禮上，看見孩子們遵循古禮，叩首拜師，從師傅手上領到證書，我當下有個領悟：原來「師承」二字，不僅是師長技藝的傳承，更是孩子對自己生涯提出鄭重的承諾。

忙進忙出的馬嶔是東華中文系畢業的優秀學生，第一年進入開平餐飲學校時，常和我分享初到職場的衝擊，我好奇問過她：「新任國文老師都開些什麼課？

「都和餐飲的應用有關喔！」

「飲食文學嗎？」

「不是，閱讀有關餐桌布置的美學相關的文章。」

這引發了我的好奇：「有這樣的課本嗎？」

「我們學校是沒有課本的！」馬嶔露出了微笑。

「老師不就很辛苦？要自己編教材，還要說服同學閱讀。」

「我們不說服同學，老師和學生協商與討論，自己決定要讀些什麼。」

看我滿臉疑惑，馬嶔很想讓我認識開平餐飲學校的創意教學理念，於是約了我參加拜師大典，也品嚐學生烹調的美食，聽學生分享他們的故事。原本嚮往著電視上大廚師的風光，就學後出入廚房，手上有著刀傷或燙傷，但懷抱著學習到名廚料理祕訣的熱誠，堅持反覆練習與操作，忍受疼痛與疲倦，才不到十八歲，個個就都能展現出精湛的廚藝……

那一個夜晚在味蕾上的衝擊，並不僅止於味覺，而是讓我體會到：在技職科學生身上，如果能經過革命性的ＰＴＳ教育理念提點，提升學生自主學習的意願，身體力行，嚴格培訓，從思考到行動上都會有著驚人的改變與成就。

二〇一四年我和曾文娟總編輯一同企畫《烹調記憶：做一道家常菜》一書，希望透過報導文學的筆法，記錄五湖四海來到海島的家庭，為臺灣人追回舌尖上最原初的「家之味」，找回純樸又動人的家族記憶。多年前拜師大典的感動，我堅持採訪開平餐飲學校創辦人夏惠汶，聆聽他浪子回頭的故事，領教他拋開教科書的實驗教育理念。讓人印象最深的是，他堅持家長要和學生一起成長，從新生訓練開始，家長要認識這所學校的理念，也必須一路陪伴孩子。對於這麼動人的課程，讓我感受到滿滿的「愛」，於是我不經意說出：「您真是重視愛的教育！」

「我害怕愛的教育！」夏惠汶正色說：「特別是當愛得深，愛又凝固不流動，經常會造成學生更大的傷害。」

看到我一時不知如何回應，夏惠汶解釋道，在他的教育理念中，希望老師和家長拉出一條界線，絕對要關愛學生，但不是片面要求與過分期望。真正的愛是和學生溝通共同可行的課程與做法，讓學生自身長出力量，能夠在社會化的情境下成長，能夠更有力量去面對人生的困境。因此夏惠汶的教育哲學中，愛的能量是流動的，不是單向的，當學生感覺到愛，他不是找到幫手，仍然要用自己的方法去面對問題與挑戰，以成就回應老師和家長。

記得那年夏天，《烹調記憶》書中收錄十道名人傳授的家常菜，悉數還原，在新書發表會端上桌。馬嶔老師與師傅們帶領學生，在開平的主廚之家中餐廳的廚房，一道一道烹煮，更讓我見識到，一堂美妙的文學課就在發表會上展現。幾位同學在十道菜外加碼，也端上自家的家常菜，不只料理，還說出自家的家族故事。

一年級的鄭婷恩先後失去了母親與阿媽，當廚師的爸爸每逢思親的時刻，會進廚房默默燜煮婆媳二人都擅長的滷白菜，所以婷恩有機會進入餐飲學校，她就一直期待自己能夠傳承這道充滿感情的菜餚。

接續婷恩上臺的同學，娓娓道來，說出每道菜餚背後的故事，相信是馬嶔和老師們以這道生動的作文題日打動了小廚師們，讓他們能以充滿感性的聲音道出歲月中溫暖的記憶。

馬嶔隨後陪伴一批年輕的老師，開展嶄新的教材教法，歸納出PTS教育的理念、實踐與生命故事，更體系化啟動「丟掉課本，開始學習」的理念。參與這場教育改革的主角不再是校長和官員，而是家長（Parents）、教師（Teachers）與學生（Students），這三位一體的教育共同體，循著兩條路徑革新：一方面，藉由分段（Phaslized）、主題（Thematic）與社會化（Socialized），劃定界線，讓老師、學生與家長一同思索，讓不同程度的學生找到適合的學習題目，從做中學，學會帶著走的能力。一方面，在教學活動上不是單向的灌輸與考試，而是以遊戲（Play）、協作（Teamwork）與分享（Share），開發許多帶動學生學習動機的教學活動。

馬嶔告訴我，在許多精彩的教案中，吳緯中老師以一學期為期的〈你我的家族菜．我們的臺灣味〉課程，讓同學以自己為課程的中心，先回味自己生命中的「人生第一味」，然後拍攝「一百秒家族菜」影片，展現家人的互動，更記錄下家族中的傳家菜。透過同學彼此的分享，來自不同文化、族群以及家庭的食譜，就在班上相互分享，擴大了同學對飲食文化的認識深度。而課程的高潮莫過於餐會，請家長一同參與學生下廚的家族菜發表會，還原家人的記憶，讓親情更緊密結合在一起。

這個教案沒有教科書可以參考，由老師與同學一起發想，參與的學生人數高達三百多人，既喚醒了家族的記憶，學生共同發聲，更傳承了臺灣的歷史記憶。在二〇一八年《天下雜誌》「微笑臺灣 創意教案」的活動中，開平餐飲學校獲得「最佳創意獎」，點出了食物不僅僅是食物，更背負著深厚的歷史與時代意義，等待師生一同發現，更一同感動。

在拜師大典與《烹調記憶》一書中，我曾在開平餐飲學校感受到的好滋味，其來有自，那是一股讓愛流動起來的教育新思潮，正在臺灣各地慢慢發揮影響力，默默提振了無數孩子學習熱忱。

【心動聽】

馬嶔老師的文學課

讀〈出師表〉反思親子溝通

陳盈州情迷六朝文學，熟悉他的朋友們都暱稱他「嵇康」。他也擅長以水墨插畫，讓竹林七賢瀟灑在電腦簡報上，千古風流人物也就現身當代教室，就連他教諸葛亮的〈出師表〉，也有著相當摩登的詮釋與思辨。

陳盈州有天看到哥哥和姪子的互動，兄長以責罵的方式管教，少年充滿委屈，完全不接受父親的關懷。他回想起成長的經驗中，深愛他的父母從來沒有停止關愛，但往往過於急切，反覆說教，過早否定孩子的說法。就因為溝通不良，造成年少心靈的傷害，也因為麻木，就此封閉了雙耳，親子間的互動益發緊張，雙方都更沒有溝通與進步的空間了。陳盈州說：「〈出師表〉其實是一篇站在父親角度，希望孩子懂事的文章。」

陳盈州閱讀〈出師表〉時，先從諸葛亮的語氣上，就發現充滿無盡憂思，雖然勸諫的語氣誠懇，但如嚴父一般，反覆說著：「誠宜開張聖聽、宜付有司、亦宜自謀。」不然就是更強烈地說著：「不宜妄自菲薄、不宜異同、不宜偏私。」他質問：「這麼多的『宜』、和『不宜』，是好的溝通語氣嗎？」諸葛亮每句話都在提醒與指導劉禪，應當多聽勸諫，應當重視司法，應當經常自省，且不應當過於自卑而不知自重，更不應當賞罰不明，尤其不應當有所偏愛與私心。試問，面對這樣反覆的指摘，完全沒有一絲的肯定，劉禪會感動？還是會和絕大多數面對「虎媽」或「嚴父」的孩子一樣，就此拒絕溝通？甚至陽奉陰違？

於是在課堂上，陳盈州讓同學思考與回答：「如果你是劉禪，是否認同諸葛亮的講法？是否願意聽從勸諫？為什麼？」

有一半的學生認同諸葛亮，因為他有遠見、有能力，為劉禪好更為了國家好，有學生說：「講話太婉轉的話，需要花很多時間才能達到目的。」但也有另一半的學生提出了不同的看法，他們同情劉禪，覺得諸葛亮太兇，讓君主沒有自尊與自信心，很可能聽不進去這些想法，反而適得其反。

陳盈州引用了一篇親子教養的短文：Jagua小姐的〈我們真的懂說話嗎？〉，其中歸納華人父母常見的負面溝通語言模式，包括活該、譏笑、恐嚇、責罵等，無一不摧毀孩子的自尊。他接著出了一個小作業：「請寫下印象最深刻的、被大人（家長、老師……）否定、備感受傷的一句話，自己的感受又是如何？」

教室頓時陷入巨大的沉默中，學生靜靜寫出了下列傷痛的記憶：

△除了玩，你還會做什麼？

△我沒有你這樣的孩子！

△你為什麼不能成熟一點？

△沒人會在意你！

△早知道你出生就把你掐死！

△早知道就不要把妳生下來！

父母親氣急敗壞說出這些話時，絕對沒有想到這是多重的一擊。陳盈州說：「這些傷人的話語，宛如蟄伏於內心深處的蟲，反覆咬囓著孩子的心，不斷流滲出血，讓心中的疤不曾癒合……」

陳盈州讓同學再次思考〈出師表〉雖然情意動人，但是究竟成功？還是失策？他想起新加坡電影《小孩不笨2》中的一句話：「你爸爸太愛你了，可是，他太不會愛你。」似乎也正描述出諸葛亮太愛劉禪，但似乎忠言逆耳，一番勸諫，少了鼓勵，反而讓少主一蹶不振。

如果諸葛亮的溝通術不周全？如果有些家長的愛過於僵化？那麼當有天我們要為人父母，或是有天我們要擔任主管，又該如何避免重蹈覆轍，讓勸告與說服能夠深入人心？陳盈州蒐集了一系列溝通藝術的文章，歸納出一個思辨原則：在對話中如果能換位思考，從對方的立場與需求入手，會拉近彼此的距離。

陳盈州更介紹了日本暢銷書作家松澤萬紀PNP溝通法，也就是以稱讚來指正他人，在陳述時先建立正面（Positive）的肯定與認同，再提出負面（Negative）的建議與批評，最後以正面的鼓勵與信任收束。學生經過理解與辯證，最後幫諸葛亮提出了嶄新的說法：「陛下很有福氣，擁有忠心盡責的文臣武將，如果可以多聽臣子的建議，一定能使國家穩定，討論出更好的政策，使大臣更信任、支持陛下。」學生也因此理解了溝通與說服的技巧，原來不需要指責，也可能達到糾正過錯的成效。

為了讓學生更懂得表情達意，站在對方的立場思考，陳盈州以《航海王》的一個小故事為例子，有時鼓勵與肯定還不夠，溝通必須切中對方的需求。吉貝爾想說服魯夫合作解救魚人島，他先鼓勵魯夫可以成為「英雄」，但魯夫不為所動，而是孩子氣地說，不希罕成為英雄，因為英雄還要把搶到的肉分給大家。吉貝爾靈機一動說：「那麼肉給你吃，乖乖按我說的去做！」果然成功結盟，得到了幫手。顯然說服的藝術很複雜，不僅要動之以情，說之以理，還要許之以利，喻之以弊，甚至於懼之以害，才有可能成功讓對方態度改變，甚至願意追隨。

在過去的國文課堂中，〈出師表〉因為陸游所說：「出師一表真名世，千載誰堪伯仲間？」在難以撼動的經典光環中，學生會跟著老師從諸葛亮的生平職志開始，深入他忠心盡職的情意中，讚嘆他在投身戰事之前，勤於建構清廉與公正的內政，在黑暗的年代中，殷勤看顧與教導少主。陳盈州詮釋與思辨〈出師表〉的立場與方法，看似背於傳統詮釋，也過於偏重人際溝通層面，但頗能讓經典翻轉出屬於此時此刻的新意。

義大利史學家克羅齊在《歷史的理論與實踐》一書中說過：「一切真歷史都是當代史。」任何歷史材料與古典文獻如果不能和當代思維互動，不能從當代生活中開啟對話與思考，就永遠寂靜於時間洪流中。

聽陳盈州講解〈出師表〉時，彷彿看見他幼小時受到的創傷，結痂的傷口還在哭泣，忿忿於長輩的不理解與嘲諷，於是他復活了一場對話，藉此提醒我們：〈出師表〉是一篇奏議類的公文，也是一篇動人的抒情文，但也有可能是一篇不成功的論說文。所有的諄諄教誨與殷殷期望，一旦結合了權威的說服模式，搭配上負面與否定的語氣，則原本立意良好的交流就會轉為死水。如此一來，〈出師表〉自然可以成為親子教育與生命教育的一課，家長學會更積極與正向的溝通之道，協助孩子療癒受傷的心靈。

輯二／閱讀與詮釋

國文課應當回到經典文學的閱讀，老師不妨化身說書人，敞開胸懷，帶領同學挑戰有難度但有樂趣的經典作品。

以文字裡的微光陪伴學子

過農曆年時，一位高三社會組的學生，傳來一則簡訊給導師凌性傑，不是賀年，文字都在呼痛：「我用淚水報償過的，這世界仍然給他一片洪荒。」手機那端的青年，顯然陷入了一段非常痛苦的感情中，無法自拔，又不知道如何訴說。

凌性傑只能簡單回信給他：「希望你喜歡的人，也能夠喜歡你。」如此無力的祝福，讓他為學生擔憂。要如何告訴學生：其實青春期的愛戀與欲望，會隨著時間消去愛與痛的力道，年歲會讓人感官遲鈍，愛憎也讓人不再心悸。於是他又寫下了一則較長的簡訊：

只是人生的每一階段，要面對的課題多有不同。該愛戀、該傷心的時候，就盡情的愛戀與傷心吧。我也記得很久很久以前，那些月光灑落海上的夜晚，我幾次與不同的人並靠在船舷上，讓海風吹得衣襬飄飄盪盪。我一度以為刻骨銘心的，怎知不消多年就已經從心頭煙雲消散。甚至，再也記不起了。

他請學生讀張若虛的〈春江花月夜〉：「人生代代無窮已，江月年年只相似。不知江月待何人，但見長江送流水。」讓一首唐詩帶青年重返自己的世界中，體會無常的必然，也應珍惜當下的幸福，好好走下去。

凌性傑不覺得國文老師是傳道者，他笑著說：「現在把我自己想得很卑微。我以為國文老師最重要的工作不在教導學生什麼，而是用語言文字彼此陪伴。」他希望在學生走到一條狹仄的小徑或無光的角落時，能適時合題拋出一首詩、一篇散文或一本小說，讓文字中的微光引領青春的眼瞳看見希望。

凌性傑在課堂上，總會介紹課外書給學生，或是批閱作文時，會推薦契合學生性情的書籍，然後過了幾天有了迴響，學生拿著書，提出觸動心靈的段落和老師談心事。可是最近幾年來，這樣的魔法時刻消失了。面對智慧型手機的普及，凌性傑無奈的指出，這是他教學生涯的分水嶺，閱讀教育變得越來越困難，同學變得很難專注，尤其願意長時間埋首書冊者，更是鳳毛麟角。全班能共讀完一本書的情境不復見，這不免讓他感到悲傷。

凌性傑沒有放棄，他擔任高三導師時，就在班級書櫃裡面，放了自己喜歡的書和雜誌，他與友人合編的《靈魂的領地：國民散文讀本》、《青春小說選》、《人情的流轉：國民小說讀本》、《另一種日常：生活美學讀本》，或是自己寫作的《彷彿若有光：遇見古典詩與詩生活》，以及一些一九七〇年代以後出生的作家作品，像是林達陽、盧郁佳等，都很受青年學子歡迎。

當學生面對大考壓力時，凌性傑建議他們：「如果願意的話，請把智慧型手機跟平板交給我，借我保管一年。」

結果真的有學生交出了手機，戒掉了網路，然後課餘的時間裡，就只有教室後面書櫃成為心靈益友，更像荒漠裡甜美的泉水。每當學生提起：「老師，聽說這一期《聯合文學》非常好看喔！」凌性傑就趕在出刊的當天，讓學生如願以償，讀到熱騰騰的雜誌。凌性傑覺得，跳脫文學史或文學經典的脈絡，以成長和青春有關的主題文本陪伴同學，往往可以收到更好的成效。

凌性傑與楊佳嫻一起編選《靈魂的領地：國民散文讀本》時，就特別希望針對青年成長遇到的難題，串連生活中有趣的事件，挑出更貼近青澀歲月的文章。所以他刻意在開篇放了楊照的〈遲來的陽光之歌〉，談一個充滿著「詩」的青少年，滿懷熱誠去參加救國團中橫健行自強活動時，在他感受孤獨與詩的山路上，他發覺同儕多半注意的是營隊裡漂亮的女生，啟發他開始關照他人的青春，也正視了自己作為一個男孩的本質。凌性傑也挑選了陳義芝的〈海濱漁夫〉，讓同學看一看「魯蛇」的經歷，一起思索：失敗者要如何面對困境？

凌性傑發現，國文課本的文章太溫馴了，學生滿喜歡閱讀一些比較爭議，也充滿衝突或爭議的文字，他也勇於接受挑戰，把書寫自殺的文章收錄進文選。這和他多年來的教學經驗息息相關，在批閱作文時，總會有悲觀的學生以想要輕生，發洩情緒，質疑生存的意義和價值。因此，他特別選了張維中的〈白色雨季〉和邱妙津的〈邱妙津日記：一九九二・一・一、

一九九五．四．十八〉，讓學生體會生命存在的可貴與艱難，還有關係與愛逝去的困頓下，命運會如何折磨敏感的靈魂，無非希望有自殺念頭的學生讀後靜靜思索：或許他可以再忍一忍，再撐一下，看看人生道路會轉折出什麼不一樣的風景？

書櫃中的書，也有凌性傑從教學與生活中交響與互動，寫作出的《自己的看法：讀古文談寫作》或《彷彿若有光：遇見古典詩與詩生活》等書，讓學生不再視古典文學為畏途，而是通往生活與青春經驗的航道。凌性傑擅長散文與現代詩創作，作品與自己的生命或所親暱的世界密不可分。當創作面向轉變時，凌性傑希望開啟一個新的散文寫作主題，於是選取了最熟悉的材料，就是古代文學跟當下生活的聯繫。

凌性傑最深刻的期待是：從傳統的理解，培養未來的想像，開發出現實的洞見，這才是在課堂上之所以必須教古典散文、古典詩詞的原因。教學灌溉了他的書寫與創作，在他筆下，古典文學中的人物其實和你我一樣，對世界有著單純而美好的想望，時時刻刻都以愛與想像力抵擋世間醜惡。這是他站在講臺上的體悟，也在學生充滿回應的眸子中，找到了更多傳統新生的例證。

凌性傑說：「我想在書櫃中安放的，其實是好奇與渴望。」他沒忘記，他在高雄仁武成長時，偏鄉缺乏閱讀資源，國小二年級的導師張純梅，經常帶課外讀物到班上，還用了幾個月的時間朗讀《木偶奇遇記》，讓他燃起對故事的好奇。他也記得，在青春時光沉浸在古典文字的美好與驚豔，所以總抱著唐詩。他的文學教養是老師陪伴而生的，他也期待在看似最黯淡的大考時光中，以班級書櫃伴著一批青年，重新回到閱讀詩意的文學流域。

【心動聽】

凌性傑老師的文學課

在經典故事中出入歷史與現實

步出高師大附中的辦公室，邁向教室的路上，許靜宜盤算著等下講解〈燭之武退秦師〉的核心提問：「在國家利益面前，個人感受與權益是可以被忽略的嗎？」要如何開展，這是她這些年來從經典文本教學中，累積出來的一種教學策略。

〈燭之武退秦師〉的課文不長，出自《左傳》，講述的是僖公三十年（西元前六三〇年）間，晉文公、秦穆公出兵圍攻鄭國，面對兩大強權，情勢危殆，鄭國大夫佚之狐推薦燭之武當說客，勸服秦君退兵。燭之武是談判高手，一席話挑出秦、晉兩國間的衝突，在利害分析後，不但讓秦國撤兵，還派軍為鄭協防，化險為夷。許靜宜講解時，會從晉文公重耳流離的身世講起，繼母驪姬排擠與陷害他，因此一路輾轉在翟、狄、衛、齊、曹、宋、鄭、楚、秦等國，長達十九年，也因為其間鄭文公沒有以禮相待，加上親近楚國，埋下了這一場戰事的導火線。而有的國文老師會在分析這篇文章時，導入全球新聞實例，讓學生省思國際關係詭譎多變的局勢下，弱國該如何應對與生存？也有的國文老師會從人際溝通的角度，讓學生體會外交談判上，策略與語言的精妙之處。

許靜宜則希望讓學生置身在歷史人物的處境中，這時候每個讀者都要經歷角色的左右為難，共同反覆思索與辯證：究竟「國家」與「個人」的價值孰高？在課堂上，她面對一群高二的學生，文言文閱讀的能力雖然還有待加強，但老師以教學策略與辯論的活動引導學生思考，同時開放學生上網查找資料，就可以不必花太多時間講述歷史、註腳和生難字，而是讓同學以「四角辯論」的活動，腦力激盪，交換對作品不同的理解。

「四角辯論」是一種活潑的討論方法，讓學生自行選擇立場，可以自由走動，在確認想法後站在教室四個角落，分別主張：強烈同意、同意、不同意與強烈反對。如此一來，全班都參與了辯論，也都必須聆聽與推派出代表演說，在老師引導下發言，當聆聽過其他同學的想法後，改變立場的學生可以走動到新的角落。許靜宜說：「運用四角辯論時最重要的是擬定題目，題目必須要具有一點挑釁意味。」所以當她解說完驪姬的故事後，就提問：「當驪姬刻意挑撥，申生決定留在國內並自殺，重耳和夷吾決定出逃，你認為他們的行為重視的是國家利益？還是個人感受與權益？為什麼？」接著說完重耳流亡的故事後，也追問：「重耳流亡到楚，請求楚王護送他回到晉國，並約定日後兵戎相爭時，會『退避三舍』。為了自身前程而拿國家人民的利益當交換條件，你認同重耳這樣的行為嗎？為什麼？」

為了能夠理解並回答老師的提問，學生就仔細閱讀與翻譯《左傳》，上網追溯重耳的身世和故事細節。在四角辯論中，絕大多數的同學提出申生是愚孝，他的犧牲並沒有讓君王走上正途。有趣的是，在「退避三舍」的論辯中，就有六成以上的同學認為為了自己的前途，犧牲國家的利益，並不可取，但也有三成左右的同學會認為，先保全自己，回國後壯大自身與國家才是對的選擇。

許靜宜就在學生不斷論辯間，又帶進了「弗瑞爾模型」（Frayer

Model），這是一套協助學生展開理解「概念」的方法。老師會透過「弗瑞爾模型」的探究策略說明，請學生思考列出概念的定義、特性、例子與非例子，讓學生更豐富掌握與分析觀念。在討論燭之武的故事時，靜宜老師提醒學生注意這位老先生「婉曲」的修辭，他說話時不直接講本義，只用委婉閃爍的言詞曲折、烘托或暗示，卻也能讓人理解他背後的真意。例如，燭之武面對鄭文公請求協助，竟然回答：「臣之壯也，猶不如人，今老矣，無能為也已。」加以婉拒，究竟燭之武是發洩懷才不遇的忿懣？還是打算袖手旁觀？或是其實想出手救國，但要得到君王的信任，等待君王出聲懇求？因為先就婉曲的概念有所認識，讓學生在分析上才能有更多層次的理解。

許靜宜以活潑的討論手法，帶動學生出入歷史和現實。燭之武條理清晰，在說服上動用了分析局勢、誘之以利、挑撥離間不同的說服技巧，讓秦王重新審視了這場戰爭對秦國未必有利，保有對抗的局面，讓鄭國作為緩衝，未必是件壞事。顯然在說服和決策中，涉及了多重利害關係的判斷，許靜宜就請同學提出一些例證，說明「在國家利益面前，個人感受與權益是可以被忽略的」。學生熱烈討論後，舉出了古今的事例，諸如：王昭君的犧牲換取和平、徵收苗栗大埔張藥房後可建設科學園區、進口美國豬肉求取國際奧援等，無一不是充滿矛盾與衝突的課題，也沒有標準答案，究竟該如何評估與下判斷？許靜宜從學生熱烈的爭辯中，初步看到了教學的成效。

許靜宜發現在社群網路時代長成的中學生，溝通與人際關係都有待加強，家庭和個人孰輕孰重？何嘗不是一個值得反覆咀嚼的問題？因此她出了一個應用題：

請選擇一位家人，邀請他和你一起做一件事：可以是一起喝杯咖啡、一起看場電影、接送你上下學、或是陪你聊聊天。這件事必須讓你們「兩人獨處十分鐘以上」，並且能有深層的對話（有心靈交流更好），請你寫下要進行說服的言詞，在中秋節以前完成這個任務，拍照留下記錄，並邀請對方說說在這段獨處時間有什麼想法。

這個看似「家常」的任務並不容易，酷酷的男孩心中很糾結，害怕媽媽訓話，又期待與家人親近，透過了兩次的調整，才能溫柔的向媽媽提出聊天請求，而兩人放鬆與溫馨談心，傾吐了心中的情緒與煩惱，短短十分鐘的相處，讓家人重新以愛撐起了無形的傘。

一個溫馨的作業陪著學生度過中秋節，許靜宜一面改著作業，一面體會《左傳》其命維新的意義。《左傳》來自於一個紛擾的時代，而今天在臺灣的教師和學生何嘗不是也活在一個左右為難的時代？眼前的學業與家庭，身處的社會與公共政策，無時無刻不拋出各種立場衝突的議題。相信從經典故事人物推拉間的啟發，理解「婉曲」語言後的意涵，學會溝通與判斷的技巧。許靜宜告訴學生：「因為我們是人，所以可以不完美，也因此我們需要更多的練習，慢慢走向我們理想中的完美。」

以生活問答貫穿古典與現代

在萬芳高中余懷瑾老師的班上，師生之間常出現有趣的問答，老師鼓勵同學發言，或是分組查找資料，如果動作慢或答得不理想的狀況出現，就會聽見余老師笑著說：「分組競賽最輸的一組要『處罰』，等下上臺唱歌。」愛面子的同學們奮力上臺報告，雖然平日唱歌是件開心的事兒，但誰也不服輸。就在充滿競爭與歡笑的氣氛中，師生一起進入了文學的殿堂，閱讀文言文再也不是一件枯燥或困難的功課。

余懷瑾講解古文的時候習慣運用「雙線結構」，一方面賞析作品，一方面會提出反思：「如果是我自己的話，那我會怎麼處理？」例如講解魏徵的〈諫太宗十思疏〉的時候，文本講君臣關係，對學生而言，較難理解。那麼不妨請同學思考，當你要說服老師，在師生關係中該如何論說？如果君王不再是萬人之上的，老師不再是高不可及的，那學生該扮演什麼樣的角色？因為沒有標準答案，她總是激勵同學盡可能說，讓每個學生可以選擇他說話或表現的方式，也不害怕提出有所分歧的意見。

余懷瑾更喜歡把課文講解與問答設計成闖關遊戲，學生為了得分與競爭，開始在小組中合作，一起找資料與辯論，也願意去回答各種問題。也許原來只是為了分數，後來會發現學生開始表達與實現自我，逐漸獲得成就感。

文言文課文一旦生活化，就容易吸引學生的目光，激發思考。她以講解司馬光的〈訓儉示康〉一文為例，這是高中課文中篇幅較長，作者費了不少唇舌環繞在一個「儉」字，讀來確實要有耐心。為了讓同學理解不同世代的理財觀念，她出了一個回家作業給學生：「請回家訪問父母親節儉的重要性。」同學以手機錄影一分鐘即可，如果父母親拒絕也沒有關係。結果學生回饋滿好的，全班幾乎都達標。同學分享爸爸媽媽的談話，精簡扼要，道理和〈訓儉示康〉都一樣，師生都得到跨時空的感動。余懷瑾在分享告一段落後，對學生說：「同學們回想一下，爸爸媽媽這些話是不是每天會叮嚀你？司馬光是不是跟你的父母親是一樣的？他不就是站在一個父親的角度來提點勤儉？」從親情的角度切入，學生覺得司馬光好親切，有了溫暖的第一印象，學生就更願意貼近這篇古典散文了。

在升學掛帥的臺灣，余懷瑾也發現父母親給孩子的壓力不小，如何讓學生感受長輩的關心而不感到厭煩？她設計了一個問題，讓學生問父母親：「您對孩子的期許是什麼？」她記得，全班四十四個人，有四位家長寫：「考上公立大學！」其他多半寫下：「希望孩子培養責任感！」或是「希望學生能夠找到他的興趣。」她從和家長的對話中發現，其實很多父母親很開明，並不是只在乎成績，這樣她就可以放手多設計一些親子教學活動，一旦家長願意配合，又能帶動學生閱讀的興趣，何樂而不為？

余懷瑾費心設計許多教學實驗活動，修課的學生相對而言要投注比較多的心力課前準備，激發學習動機，一切都緣於課文能和學生的生活情境結合。她知道高中生升上高二時，會遭遇到分組與分班，被迫和原來已經相處很好的同學分開，總是會造成許多人際關係調整的問題，新的班級內也很難以團結。擔任導師的余懷瑾傷透了腦筋，也費盡心思從柳宗元的〈始得西山宴遊記〉中，讓學生省思在情緒低迷時，要如何調適？

余懷瑾講解課文時，先提醒同學柳宗元剛到永州時「恒惴慄」，也就是經常恐懼不安。她問學生：「你們分發到新的班級，是不是也『恒惴慄』？」

同學們都苦笑著說：「是啊！恒惴慄！」

於是她說，柳宗元登山的過程是「緣染溪，斫榛莽，焚茅茷，窮山之高而止。」她讓同學思考登山和心境調整是否一樣？同學彼此相處時，甚至是跟老師互動上，因為走入一個陌生的環境，總覺得惶惶不安，那麼要怎樣像登山客一樣砍掉雜草樹木？要怎樣焚燒亂草，最後登上山頂才看見開闊的風景？學生的回饋很有趣，面對心情不好，適應不良，如果可以砍除內在的一些魔障，能跟柳宗元一樣心領神會，暢遊山水間，不就可以打造一個「洋洋乎與造物者遊，而不知其所窮」的境界？

余懷瑾發現柳宗元的〈始得西山宴遊記〉不僅僅是一篇貶謫文學，柳宗元談論了直面困厄與安頓心志的哲思，也讓學生轉而喜歡上新班級，更在學習的過程當中，不知不覺把文言文背起來了！很巧的是在模擬考的時候，有個題目：「你認為柳宗元登高看到了什麼？」批改學生的作答時，她驚喜的發現，藉由先前課堂的問答與聯想，學生對課文的記憶會很深刻，他們的成績和語文能力也提升了。更重要的是，一旦能培養學生對一篇文章主旨進行多個層次思考，發現智慧如柳宗元和蘇軾，他們遭逢人生困頓，仍然懷抱從容、愉悅與樂觀，以「轉念」環顧所處的困境，放下憂懼與挫折。相信未來有一天，當學生面對人生的難關，他能走出陰霾，轉折出不一樣的生命抉擇，這就是文學的大用。

一旦學生願意說自身的故事，以不同的形式、不同的角度表述，余懷瑾總能因勢利導，協助學生克服挫折。她帶領學生深度閱讀，深入文章字面意義的內裡，思考文章可能啟發出來的體悟，讀出作者的言下之意，而且也期待幫助學生提升寫作力，進而提出多重觀點的論述。余懷瑾強調：「其實大考好幾次都有類似的題目，無論是『失去』或『自勝者強』，無不希望學生寫出面對人生抉擇時，究竟該怎麼走出來。」

余懷瑾說，很多人都說文學沒有用，她不以為然。因此她期待自己不只教賞析，而是彰顯文學能解決人生的問題。其實余老師的兩個女兒患有腦性麻痺，她們一出生，她一度無所適從，手足無措。後來發現文學就是信仰與力量，文學讓她能夠更勇敢、更堅強面對現實與殘酷的世界；而療傷止痛的良方，莫過於在課堂上帶領學生細讀文本，以文學作為屋宇，遮蔽人生中難以迴避的風雨。

【心動聽】

余懷瑾老師的文學課

要不要臉？國文課堂對社群網路使用的思辨

當臉書（Facebook）的全球使用者超過二十九億人，占全球人口的三成六，用戶每天上網瀏覽貼文與互動，減少了閱讀書籍、報紙與雜誌，也轉以社群平臺收視新聞。不僅家長、老師都希望孩子能減少使用臉書或IG，多花心力在課業上，在文化界其實也存在過有趣的「要不要臉」爭論。善於援用當代文學作品到課堂的北一女徐秋玲老師就因勢利導，帶領學生進行一場思辨之旅。

作家與資深編輯人季季就曾經寫過一篇火力四射的散文〈「不要臉的人」之告白〉，她拒絕使用「臉書」的理由是希望自己能多閱讀與創作，不必畏懼沒有臉書好友，她強調：「我從不覺得孤獨等同於寂寞，亦不覺得一個人在家寂寞，因為每一本書裡都有生命，各種生命的臉在眼前移動，各種生命的言語迴響在身邊。他們可能和臉書上的許多人一樣居於地球的極遠之處，但我在書裡和他們相遇時，他們是那麼近的在我的手中……」因此她宣稱自己是「不要臉的人」，希望提醒當代整天黏在3C螢幕上的人們，不妨沉思一下。

徐秋玲覺得季季言之成理，但完全不用臉書，也非常態。她透過網路閱讀到不少精彩的好文，也警覺到自己閱讀時間上會受到影響和排擠。在北一女任教的她看到學生下課時頻頻滑手機，在改學生週記時，經常發現學生會說耽溺於臉書或社群網站，造成課業複習進度延宕，心中滿是懊惱、無力又無法戒斷的徬徨。徐秋玲動念讓同學閱讀季季火力四射的散文，也吸收鯨向海的《銀河系焊接工人》中歌頌社群媒體的新生代見解，以及其他作家的各色評論，在課堂上共同討論與辯論這個當代的新興議題。

雖然「網路成癮」（gaming disorder）有不少文獻，症狀早有心理學家歸納出來，但徐秋玲不希望用「宣導」的方式，讓學生打退堂鼓，她期待由辯論過程中找到解方。她先介紹哈佛大學政治哲學桑德爾（Michael J. Sandel）

教授在《正義：一場思辨之旅》（*Justice: What's the Right Thing to Do?*）這堂課中，老師不僅講解更提問，臺下同學可以回應不同的意見。師生對話氛圍有共識後，她再請學生閱讀季季與鯨向海的文章，學生各自提出支持或反對的意見，發表意見時需要提出論證與經驗進行辯論。具體的辯論過程，她讓同學在黑板上寫下理由，然後再相互檢視看似對立的論點中有沒有矛盾或一致的部分，存異求同，師生一起探索「臉書人生」的利與弊。

不少學生支持鯨向海的說法，覺得臉書是很好的，不需要過度緊張。鯨向海覺得偉大經常存在於無所事事、細瑣乃至於微不足道的事物中，臉書上有很多浮光掠影的思想，更有不少靈光存在，不妨正面看待之。鯨向海相當幽默，他非常感激千里迢迢來按讚的陌生人，這些讚對他來講簡直就像鑽石一樣，讓他覺得自己是「暴發富」。學生發現，鯨向海故意不講暴發戶、而取諧音用「富」，也就是說臉書令人著迷之處莫過於消解了人們的寂寞，可以慢慢找回熟悉的朋友，認識新的朋友，建立各種對話的可能，甚至情緒的交流與發洩。這些讓人感到「富足」之處，都是日常生活中罕見的應對進退之道。

呼應鯨向海的同學在黑板上寫下意見，強調在臉書上可以「以文會友」，能找到同質性比較高的人，形成社群後可以有共同的討論，集結有興趣類似的人，可以不受時空的限制，很快地進行對話跟溝通。沈亮欣就說：「臉書讓人表現自我，其實每個人都是一個獨立的自我，為什麼要擔心被操控？臉書又有教育、又有娛樂，非常實用。」支持臉書派的同學相信，只要善加利用臉書，就不會迷失自我，如果會遭詐騙或沉迷的使用者，縱使不用臉書，依舊會在其他生活領域遭遇同樣問題。沈亮欣鏗鏘有力地結論：「不要去歸咎，不要為人性惡的層面找一個代罪羔羊，好像今天從臉書下線以後，就沒事了。」

讓徐秋玲意外的是，更多同學支持季季的觀點，進而主張「孤獨」之必要。閱讀或是寫作應該是寂寞的、不應該被打擾的，一個作者需要有一個自己完整的時空，一旦加入臉書，就不斷有細瑣的干擾，可能有人會一直叮咚、發訊息給你，或是你想要看自己貼文有多少個讚，無一不打斷生活的節奏。和鯨向海的立場完全不同，季季覺得一個真正的創作者不應該在網路取得相濡以沫的溫暖，而應該在自己的文字裡面，或是其他作家的書籍裡面，尋求精神自足的可能。

相對於季季的自律與堅持，多數擔心臉書負面功能的同學則坦白人人都會有自覺自察不足的問題，在現實生活中寂寞確實難以排遣，想利用臉書找到志同道合的朋友，可是往往貼了幾篇文章或交換信件後，同學發現認真寫下熱忱、抱負、夢想或心境的「臉友」罕見，絕大多數的回饋往往是打油詩、心靈雞湯或是濫情的風花雪月，讓人失望，難以交到真心的朋友，反而因此浪費了很多時間，也把生活切割得零碎與片段，最終沒辦法控制讀書的進度，一旦空下手馬上拿起手機滑進臉書，這是一種「悲哀的方便」。

聽完同學們相當對立的論述，也能感受到年輕心靈的徬徨，特別是面對課業壓力下，勢必犧牲多姿多彩的人際往返。與其說老師或家長努力勸說學生離開社群平臺，徐秋玲發現，真正能「安頓身心」的做法，學生還是必須認識到每個人都害怕孤獨，渴望肯定，在追求卓越的道路上，自律的工夫是關鍵，唯有如此才能自己決定「要不要臉」？

作為國文老師，徐秋玲更在意的是新生代的學子面對影像、手機或電腦螢幕的時間實在太長了，漸漸失去了閱讀的樂趣，也較難感受文字的魅力，這當然是習慣臉書片段的、速食的、短淺的訊息後的「副作用」。徐秋玲開始利用有趣的、陌生化、有書信感的短文導入課程，文字由短到長、由感性到知性，慢慢把學生拉回文字和閱讀的世界中。

當臉書已經占領了學生和老師的生活，經常在網路上筆耕的徐秋玲更願意反短小與淺白的風潮，她寫長篇累牘的電影評論、書評與散文，記錄與學生生活的歡笑與淚水。師生以另類的文字互動相濡以沫，天天都在社群網路上開出精彩的文學課。

【心動聽】

徐秋玲老師的文學課

以傾聽讓學生從黑特轉為熱愛國文

在資訊爆炸的時代，考試壓力巨大的時刻，學生急著細究修辭與解題，國文老師忙著講解課文與考題，師生之間少了傾聽與對話，國文課少了批判、觀點與現實關懷，難怪越來越多高中生會「黑特」（hate，恨，網路流行語）國文。

傾聽應當是教師的天職，只要打開《論語》，最常出現的動詞是「問」，孔子很愛發問，他進入太廟，萬事好奇，追根究柢，每件事都問。他的學生站在列國諸侯面前毫無懼色，也不停發問，問哲學、文學乃至於人力資源的各色題目。也有機智問答，例如宰我問曰：「仁者，雖告之曰：『井有仁焉。』其從之也？」就很有趣，愛晝寢的宰我醒來，挑戰老師：「作為一個仁者，如果聽見有人高呼：『有個仁慈的人落井了』，他會跟著跳下去搭救嗎？」孔子回答很有層次：「何必要這麼行動？君子可以去救人，卻不可陷入危機；可以受欺騙，卻不可以盲目行動。」可見傾聽不僅僅是耐心讓學生說話，更要敞開心靈，從學生的立場著想，條分縷析，解答青年的各種人生困擾。

在海山高中任職的張玲瑜就是善於傾聽的國文老師，學生很調皮，稱呼她「TACO老師」，她也不以為忤，更有趣的是，她發現每個學生角色性格各不相同，從他們提出各種質疑課文的問題，往往是拉近青年人和文學作品最好的鑰匙。

張玲瑜曾經遇過同學挑戰賴和的〈一桿稱仔〉，覺得主角秦得參受到日本警察取締，竟然選擇輕生，實在沒有必要，學生淡淡說：「這一段沒有讓我討厭日本警察，我只是感覺莫名其妙。」畢竟如果不理解殖民時期的權力與壓迫關係，可能以為日本警察現代與文明的形象頗有「正派」角色形象？學生也另類思考，如果警察真的依法取締不符合度量衡法的小攤販，非常合理與合法？當學生評論：「老師，這只是輕如鴻毛的死。」張玲瑜並沒有急於澄清學生的理直與氣壯，而把歧異的論點當作一系列思辨教學的開端。

張玲瑜請全班同學換位思考：「如果有一個臺灣警察，弄壞外勞的攤位，辱罵外勞，最後把外勞弄得氣憤不已，由你扮演這個外籍勞工，你會做什麼呢？」

堅持己見的學生繼續用「法治」觀念辯論：「說不定是那個外勞不遵守臺灣的法律，或是違反了市場的什麼規定，警察只是依法行事而已。」

老師只好不斷提出更多的「情境」假設，當她發現學生並不願意設身處地考量其他族群的權益與特殊處境時，她問道：「你覺得臺灣人對『外勞』有沒有刻板印象？」類似的人權與平等問題經常是年輕人更在乎的議題。學生開始軟化，願意重新省思殖民地有權力的警察對農民恐怕也有「刻板印象」，甚至會輕易濫用權力欺壓底層人。這樣熱力四射的討論，從人權、法治與人道立場談階級與殖民，回應了賴和小說核心的人道關懷。

張玲瑜不斷透過各種嶄新的跨領域知識，翻轉教學理念，讓國文課堂更為生動。而她的努力也不侷限在文辭的表面解讀，而是接近王德威院士所強調：「中國語言書寫會意形聲、轉注假借的體系，不能由西方以字母為基礎的文法學所概括。更何況在此之上，中國傳統的『文』學的觀念與實踐有其獨到之處：『文』是符號言辭，也是氣質體性、文化情境，乃至天地萬物的表徵，和西方遠有不同。」如何帶動學生理解文學多層次的意涵？確實要面對學生來自不同層次的質疑。

學生對國文課的「黑特」，有很多直接的反映：

「老師，古代的愛情故事都好像喔！」

「老師，這種教忠教孝文，思辨的空間似乎不大？」

「老師，諸葛亮這樣帶豬隊友聰明嗎？」

「老師，這個古人好厭世！」

「老師，為什麼要我們讀那麼多古代的怪咖故事？」

張玲瑜一一記錄下來，透過更細緻的解說，以及富有情意的詮釋，讓學生能愛上文言文。就在她請學生預習唐詩時，學生對她說：「老師，我考得還不錯，但是並不喜歡詩！」

愛詩成痴的老師，看到同學面對動人的抒情美典，只以背重點的心態誦讀，完全無法進入詩人的心靈世界，只覺得隱晦、嘮叨和無趣。她放下心中的憤怒與失望，從時空安排，一一拆解李商隱的〈夜雨寄北〉：「君問歸期未有期，巴山夜雨漲秋池，何當共剪西窗燭，卻話巴山夜雨時。」

張玲瑜問學生：「為什麼詩人期待的重逢，要聊今天下雨的事，不能聊點別的嗎？」

她接著問：「為什麼詩人不能藉由這首詩告訴妻子今天下雨的事情就好，一定要見面講呢？」

當學生進入時空旅行中，開始想像一個在遠方，充滿虧欠的丈夫，思念妻子時，遭逢滴滴答答的夜雨，想回家與戀人談著瑣事都不能，只能期待與渴望重逢。當學生體會了相思的苦惱時突然說：「老師，我覺得我懂詩人為什麼要說『剪燭』西窗了？」原來看似簡單的秉燭夜談，對相隔兩地的夫妻是多麼奢侈的美好想望！

因為懂得詩人的深情，唐詩就不只是題解的形容詞，也不是考試題目中難解的格律。當對一首詩和一篇文章的解讀，不再排除種種外在因素，孤立化為靜態性的知識客體，也不再依形式邏輯的法則，進行抽象概念的論述。老師能帶領學生進入歷史語境中，如同顏崑陽教授強調的：「想像的回歸隱含於言外，詩人原初感物緣事而發的生命存在情境，以做設身處地的同情理解。」那麼一首詩就是是承載青春情愛的美麗歌詠，一篇文言文也能帶來更多涉及生命情意的觸動沉思。

張玲瑜回到古典文學的傳統，拋開文學藝術性與實用性的對立，在講解文學作品的美好形式時，同步把更多生活、科學、敍事與管理學的知識導入課程中。更因為她善於傾聽，把學生認為有「問題」的課文，精心設計教案，循循然善誘學子，演繹出一篇又一篇生動活潑的課堂風景，學生也從黑特轉為熱愛國文。

為學生化身為說書人

張素靜喜歡挑戰新的課堂教學方法，二〇二一年八月，專心聆聽了三天種子教師培訓課程，主題是「以文學理論建構加深加廣課程」。原本高中教師相當陌生的心理分析、後殖民主義、後結構主義與性別理論紛沓而至，讓她感到新奇也似乎是一個好機會，可以為看似平靜無波的教學現場，投入一顆掀起波浪的巨石？

在臺北市木柵高工教學多年，她深知工科的學生不那麼著迷文學與語文學科，學習熱忱不高，個中原因無非大多數學生基礎語文能力薄弱，一旦老師長時段講課，學生就會失去耐心。她多年的教學經驗發現，如果國文課設計發表活動，學生喜歡分組討論與實作分享，特別是喜歡自己的感動與心得，得到老師與同儕的肯定。因此，她發想了一系列的教學活動，化身為說書人，引進翻譯的外國短篇小說，讓同學更認識小說，諸如：主題的啟示、故事的情節、人物的建構、細節的描寫以及敍事的結構，過程中同學也嘗試化身為說書人。

張素靜的企圖心不僅止於此。在新課綱強調素養與跨領域選文的精神下，她曾深入探究王溢嘉〈賽琪小姐體內的魔鬼〉一文，蒐羅過一系列心理學與文學的文獻，也開始運用心理分析理論解讀文學作品。因此，她希望扮演的說書人更要潛行至小說主人翁的精神世界中探險，以拉岡「無意識的語言結構」和佛洛伊德「心理防衛機制」為基礎，讓同學體會到故事背後更為幽微的意涵。

張素靜在高二學生課程中，每次段考選擇一週，每週兩小時，讓同學閱讀三則短篇小說，結合過去高一時曾經接觸過的魯迅〈孔乙己〉、黃春明〈死去活來〉，朱天文〈小畢的故事〉、洪醒夫〈散戲〉等華文小說，以及古典小說〈范進中舉〉，進而跨足世界文學的小說。在選擇上，她以三位「短篇小說之王」的代表作品，分別是契訶夫的〈哀傷〉、莫泊桑的〈項鍊〉以及歐．亨利的〈愛的禮物〉，讓學生體會世事的無常，以及事物表象下諸般的荒謬。

契訶夫的〈哀傷〉講的是一個手藝精湛的木匠，在婚後過著酗酒與頹廢的日子，日復一日，四十年過去，一天傍晚回家，發現妻子病危，在風雪天裡送醫，他發現「老太婆臉上的雪怎麼老也不化」，雙手冰冷，他醒悟：「這世上的事變得真快！……他還沒來得及跟老太婆好好過日子，對她聊表心意，疼愛她，怎麼她已經死了。他跟她共同生活了四十年，但這四十年像在霧裡一般過去了。酗酒，打架，受窮，沒過上一天好日子。」絕望的木匠倒臥在雪中，最終凍壞了四肢，徹底走向絕境。

張素靜讓學生試著分析，故事中木匠外在的語言與行動，並試著從分析這個故事如何營造情節與衝突，帶來高潮，吸引讀者？學生在引導下，能頭頭是道地說出整個故事中因為設定了木匠有很強的手藝，對照長期喝酒與家暴，形塑出故事的張力。故事的高潮在以酒逃避人生的主角，最後在妻子死亡時清醒過來，最終也只能以截斷四肢與喪失技藝來贖罪。

第一個故事的分析，就讓張素靜建立了信心，第二單元莫泊桑的〈項鍊〉就比較複雜。美麗但貧窮的女主角為了參加教育部長辦的舞會，找朋友佛來思節夫人借了鑽石項鍊，也隆重治裝，度過了光彩的一夜。返家後，發現遺失了項鍊，遍尋不著，只好借貸，買了一條類似的項鍊歸還。鉅額的欠款，讓女主角耗費了十年的光陰，從事底層的勞動工作，不再青春與秀麗。當再次與佛來思節夫人重逢，兩人的容貌簡直是天壤之別。敍舊之後，驚訝的佛來思節夫人發現竟然收到了一條真的鑽石項鍊，讓女主角陷入天翻地覆的生活境遇。夫人最後說出真相，其實借出的是贗品，根本不值錢。張素靜引用拉岡在〈結構語言與無意識〉的分析：

「需要」來自身體的欲望，而「要求」則來自與他人在無盡語言關係的欲望，「要求」因而是人們心中「匱乏」的衍生物。因為有了永遠填不滿的內心匱乏，才有無盡的「要求」。

讓同學討論何以「衣櫃裡永遠缺一件衣服」？或「銀行存簿裡的數字永遠少一個零」？女主角為什麼要借項鍊去舞會？莫泊桑是否要提醒讀者真誠

面對自身生命中永遠匱乏的心理空洞？

歐・亨利的〈愛的禮物〉中，吉姆和黛拉是貧賤夫妻，這家人有兩項他們引以為傲的事物，一件是吉姆的金色懷錶，是他祖父傳下來的珍藏；另外一件則是黛拉金色的長髮。在聖誕節來到前，兩人都想送給對方一份禮物，黛拉剪去長髮，買了一條白金製的錶鍊；吉姆當掉了祖傳的懷錶，購入一套梳子。而他們各自欣喜地獻上禮物時，卻都發現雙方已然失去匹配禮物的一切。這看起來讓人啼笑皆非的故事結尾，卻帶給讀者滿溢的溫情與愛意。

張素靜發現，導入世界文學和心理分析看似困難，但學生的潛能比預期更大。小說的賞析除了修辭技巧、組織結構分析以外，經過老師介紹佛洛伊德和拉岡的學說後，學生很喜歡以「心理防衛機制」、人格發展學說用以解釋小說主人翁的思考與行動。張素靜說，師生或許在解讀人物深層心理活動時，有著不同的觀點，辯論也有火花，由於有具體剖析人物心靈狀態的參考框架，師生都有成長，甚至學生覺得連電影、影集也比以前更看得懂、更能感受劇情深層意涵，真是無心插柳，柳樹竟蔓生到天涯了。

把世界文學帶進國文課堂，看似一件不可能的任務，但經典文學作品確實有著迷人的意義，就如同高爾基評價契訶夫時說：「能夠在陳腐的晦暗大海裡，揭示其悲劇性的幽默。」在悲喜中，揭示人生不容迴避的真相，自然值得在課堂上永遠傳頌下去。張素靜的努力也證實了，真正的經典作品，在文學評論理論帶動下，是可以帶來深刻的批判與辯論。

美國著名文學批評家哈洛・卜倫（Harold Bloom）說過：「我們為各種理由而深讀，這些理由大多數是我們熟悉的：我們無法足夠深刻地認識足夠多的人；我們需要更好地認識自己；我們不僅需要認識自我和認識別人，而且需要認識事物本來的樣子。然而深讀那些如今備受咒罵的傳統正典作品的最強烈、最真實的動機，是尋找一種有難度的樂趣。」

國文課應當回到經典文學的閱讀，老師不妨化身說書人，敞開胸懷，帶領同學挑戰有難度但有樂趣的經典作品。

輯三／

書寫與表達

她富饒的想像力把一個英雄般的旅程，轉化成課堂中的寓言，
以想像力為國文課安裝雙翼，鼓動了翅膀，
學生們就飛向一場充滿驚奇、奧妙、艱難、美好與至善的旅程。

微電影中幽默深刻的孔子說

孔夫子周遊列國，辯才無礙，充滿理想性格講述治國的理念，也傾心與學生談論人生哲學。《論語》中所闡述的教義，其實來自孔子歸納當時社會的風尚，體察傳統道德的精神，錢穆先生在〈論春秋時代人之道德精神〉中說：「在有孔子儒家以前，忠孝兩德，早在中國社會實踐人生中，有其深厚之根柢。孔子亦僅感激於此等歷史先例，不勝其深摯之同情，而遂以懸為孔門施教之大綱。」既然孔子的話語不是憑空提倡，更不是遠離社會生活，那麼《論語》不應當只是背誦的教條？易理玉老師就曾以「論語小革命：文教融入創思教學」為題目，在北一女進行了一場創意和古典思想對話的課程，讓學生拍攝微電影，讓「孔子說」變得幽默而深刻。

易理玉認為國文教學不該一成不變，應當能喚起學生的靈魂與興趣，在海島之上不應當只停留在培養閱讀與寫作能力一端，如果能讓學生動員更多想像力、創造力與影像力，以數位科技展現閱讀成果，在傳播經典中注入青春的血液，再度脈動，不是很好嗎？而且，現在的高中生智商（IQ）都很高，但是情緒智商（EQ）與道德智商（MQ），往往有待加強，經典如何能和生活互動？深入現實？就成為她創意教學的起點。

易理玉沒有急著教《論語》的內容，第一個系列的討論是請同學回應：「好老師的定義？」

孔子過去的形象是一個端莊嚴肅的老者，表情冷峻，腰間別了個教鞭。事實上，孔子的教學生涯應當是很活潑與熱血的，於是易理玉與同學分享日本漫畫家藤澤亨的《麻辣教師GTO》，以及電影《心靈捕手》（*Good Will Hunting*），顛覆老師正經八百的形象，探究教育的本質。學生的回應很有趣，她們幾乎都沒有強調好老師要有很強的教學能力，而是希望老師能夠多關心學生，能夠靈活應對矛盾或衝突。特別是在升學為導向的校園環境中，學生想在一群學霸中殺出一條血路，必須刻意去隱藏自己的情緒和挫折。易理玉說：「學生其實希望老師能和她們搏感情，希望面對不同學習成就的同學，老師能一視同仁，真誠而尊重，貼近女孩心中柔軟的角落。」

當各式各樣「好老師」的定義出爐後，易理玉請同學觀看電影《孔子：決戰春秋》，讓學生體會血肉之軀的孔子，遭遇困厄時會沮喪，看見美豔的南子時也會臉紅，遭逢顏淵離世時撕心裂肺。在一個動盪、戰亂與紛爭不斷的年代，一位老師要說給學生聽的何止是生難字的意義？應對進退時援引《詩經》又豈是風花雪月？在至聖先師身上，學生看到了：他在複雜的政治環境中，雖然沮喪，但依舊堅持理念；他循循善誘不同專長與程度的學生，暢談知識、倫理與理念；他在應對進退中，以詩句對答諸侯，示範了「不學詩無以言」的社會實踐。電影中一句對白：「世人也許很容易了解夫子的痛苦，但未必能夠體會夫子在痛苦中所領悟的境界。」就在班上引發了不少迴響。易理玉告訴學生，張愛玲曾經說：「因為懂得，所以慈悲。」當更認識孔子後，學生會心生更多的溫柔與理解嗎？

於是在一面解說《論語》的課程中，易理玉一面請學生分組，在寒假結束後，交出「孔門師生」微電影。老師放手讓學生自主學習，探索《論語》

背後的故事，建構自己心中孔子的身影與形象。

出這樣的作業，有一定的風險。因為現在的年輕人數位影像製作的能力很強，手機能拍片與剪輯，上網也容易找到很多周邊的資料，或是各式各樣有趣的影像素材。於是製作短片時，常常會過於強調搞笑，熱鬧有餘，失去了初心。加上同學會抱怨：「《論語》的句子都好短喔！沒有故事啊！」

易理玉就提醒學生，可以先整體閱讀過一遍，重新梳理孔門弟子的行誼，或許先能鎖定一個形象立體的主角，可能是子路、宰予或子貢，學《論語》就不受到教材的章節限制，學生可以編織結構一套人物系統。同時，易理玉也提醒同學，想看更多的故事，不妨去翻閱《孔子家語》、《禮記》等周邊的資料，交織輻輳，繼而寫下一個完整的故事，既來自於《論語》的精神，又貼合於學生的現實生活處境，經過寫劇本、排演、拍攝與後製，完成一部微電影。

不少學生挑了宰予為主角，看來課業壓力大，跑補習班，熬夜趕作業，睡眠不足的女孩不少，所以上課忍不住打瞌睡的人所在多有，自然很想幫古人翻案。大家都很熟悉《論語．公冶長》中如此描述：「宰予晝寢。子曰：

『朽木不可雕也，糞土之牆不可杇也，於予與何誅。』」於是有學生很想知道，為什麼孔子要對宰予這麼嚴厲？於是拍了一部《有夢最美》的短片，她們設想這個上課睡著的孔門弟子，其實夢著各種美好的未來，當然，現實是殘酷的，最後還是讓老師叫醒，少不了一頓責罵。在幽默中，朗現出《論語》的原文，在歡笑中，也調侃了彼此學習生活上的勞頓。

易理玉同時邀請了國文科的另外三位老師，一起實驗這個計畫，於是全校有六個班級一起製作「孔門師生」微電影，在一年後，進行了一場影音大賞。

這場影音大賞先進行班內的投票，全班十組同學，每組播放四到五分鐘的短片，經過一堂課的欣賞，全班投票，選出前兩名，晉級六個班共同時間的「對決」。所有同學來到大禮堂，共同分享短片，和老師們一起在歡笑與沉思後投票，選出最佳影片、最佳音效、最佳剪輯、最佳編劇等獎項。易理玉說：「學生當場驚呼連連！直說看到傻眼！」老師和同學門跨班分享影片，後來也成為不少基本文化課程中的補充教材，教到曾子的時候，就放曾子的，教到子貢，就放子貢的，師生都覺得很有趣。

章學誠在《文史通義．原道下篇》說過：「夫道備於六經，義蘊之匿於前者，章句訓詁足以發明之；事變之出於後者，六經不能言，固貴約六經之旨而隨時撰述以究大道也。」觀察易理玉的創意教學小革命，把語錄體形式的《論語》，以更多故事說出來，無非實踐了「約六經之旨」的精神，讓師生一起闡發孔子在新世紀的意義。在教學的創新上，易埋玉將詮釋權交給了學生，學生也承接了找資料、註解文言文、闡釋意涵與對照生活體驗等工作。老師的角色從講臺上退下，輔助同學研究與表演，學生熱情回應，透過團體作業，體會了「獨學而無友」的不足，讓《論語》教學不再老態龍鍾，重新鮮活在青春歲月中。

【心動聽】

易理玉老師的文學課

以想像力為國文課安裝雙翼

認識李佩蓉老師是在二〇一一年高中國文學科中心的種子教師培訓營，那是一個很熱血的營隊，佩蓉老師是充滿創意與革新理念的種子教師。

學科中心執行祕書駱靜如老師邀我企畫一系列從創造力教學、思辨能力到田野調查的課程，成為當年度種子教師培訓營的主題。希望高中國文老師能藉由座談、辯論以及社會議題的導入，讓國文課多些思想的火花，更能走出教室，以文史知識撫觸臺灣的鄉土。於是我和老師們一起到芳苑濕地，採訪環保運動者、社區老人和小商家，以不同的角色（經濟部、環保團體與在地失業工人）的眼光，結合課本上古今文章的論據，反覆論戰一個發生在我們身邊的經濟與環境衝突的議題。

彰化的營隊結束後，到了六月成果發表時，佩蓉帶著「讓種子發芽——思辨表達情境語調與常態教學模式的建立」的教案到臺北發表。這是一個長達三年的教學實驗，她導入了思辨、情境語調和彼此品讀等機制，打破傳統的國文課程的框框，記得她說：

既然思辨表達教學是一種「體質調整的長期工程」，必須透過日復一日的涵養變化氣質，則思考常態模式的建立乃有其必要。關於常態教學模式的思考，必然不可能每每都是「精心設計」的大型活動運作，而須務求簡單、好操作，以及令人「想要」操作，才可能持久，足以融入日復一日的日常教學。思辨表達應是一種師生之間的問學默契，是一種日常生活的習慣，而非為節慶特意規畫安排的慶典。

這是很務實的想像，究竟要怎麼實踐？聽完她的報告，我印象最深的是她引導學生更詩意與浪漫的上課，無論是朗讀、品讀或活動設計，都有佳趣，也使得國文課不僅僅只有閱讀，轉而以寫作與相互評論成為活化課程的祕密武器。

這些年我一直呼籲要改變作文課的發表模式，傳統的寫作課沒有導入發表的環節，批改作文的老師是學生唯一的目標讀者，如此單向傳播下，作文是很難寫好的。正如麥斯．貝澤曼（Max H. Bazerman）所說：「寫作乃是一種社會行為（social action）。」寫作的本質應當是溝通性行動，是作者有意與讀者共享訊息、思考與理念的歷程。因此在寫作教學課程設計中，要求學生發表在教室公布欄或是網站上，導入學生的互相評論，會讓學生落筆時有更豐沛的情意，也會更注意發表的態度、倫理與目標讀者的反應，寫作溝通的動力才會真正發動。佩蓉老師所提出學生「彼此品讀」的機制正合乎當代理論，讓全班相互評論讀書心得與作文，從而打破了原本束縛同學思考的框框。

在佩蓉打破框框的教室裡，賦予學生寫作的新環境：一方面，創作真實的寫作任務，使參與的同學能以「讀者意識」的心態寫作，而不僅僅是要交一篇作文給老師，會有很多班上同學或是外界的朋友來閱讀，自然會讓作者寫出更有說服力的文章；二方面，以布告欄或網站作為一種寫作批改模擬經驗，鼓勵老師、學生互動、即時與參與式的討論，並且寫下對彼此文章好處與感動的簡要回應與評論。於是學生就從傳統的讀者，轉身變成「讀寫者」，開始投入更多的創意，也讓佩蓉老師感受了前所未有的豐沛回饋。

順著「彼此品讀」的機制，一路思索、實驗、發展，當時還在曉明女中任教的佩蓉老師挑選了高三自然組學生，一起寫作了一系列重新詮釋古典文本的故事，並且共同出版了《框不住的國文課》一書，更讓人感動不已。她們重寫國文課本中的經典文本，用說故事的方法，進入作家的內心，重返歷史的場景，加上精湛的互評，為師生青春年華的文學交流留下豐美的紀念。

文言文的課文其實有著重大的文化意涵，如果老師們將文學教學、思辨與溝通加以整合，就有機會讓學生認識自身文化，接觸神話、英雄與偉大的故事。佩蓉老師不僅創新教學形式與課堂經營，更實踐了諾思洛普・弗萊（Northrop Fyre，一九六三）的論點，文學可以刺激與發展想像力，也具有道德與信念教育意義。弗萊說過：「想像力的最明顯用途之一，就是其對寬容的鼓勵。在想像力之中，我們不僅可以看到自身信念中的可能性，也可以從其他人的信念中看到可能性……由想像力中超脫的力量來產生寬容。在這樣的力量中，沒有什麼不能從信念和行動達不到的事物。」看了同學們的詮釋與創作，我相信她們將來會成為醫師、工程師、程式設計家或科學家，這些故事並不會離她遠去。她們在高中國文課上得到的文學養分，絕對有助於她們有更強大的想像力與道德意識，在社會上勇往前行。我們更可以期待她們會講述科學、數學、資訊、生科等領域中偉大的故事，絕對精彩無比。

這是一群自然科的同學的創作，學生將課文轉為故事時，每篇文章都有了血肉。說故事絕非娛樂，阿拉斯代爾・麥金泰爾（Alasdair Chalmers Macintyre）就主張：「人本質為說故事的動物，活在自身的行動、實踐和創作之中。」佩蓉老師的課堂進行了很亮麗的展示，透過想像力與同理心，曉明女中的同學們開始付諸社會行動發展的第一步，她們更能體會英雄人物的抉擇，道德判斷的艱難，堅持美好的不易。透過「彼此品讀」活動學習到相互尊重，也獲取面對指正時應有的雍容。

佩蓉老師的教育小革命是浪漫主義的，她像一個中古世紀的騎士，英雄入林，挑戰名為升學主義的大怪獸。她富饒的想像力把一個英雄般的旅程，轉化成課堂中的寓言，以想像力為國文課安裝雙翼，鼓動了翅膀，她的學生們就飛向一場充滿驚奇、奧妙、艱難、美好與至善的旅程。

當文言文成為想像力和英雄旅程的地圖，鋪展在學子面前，召喚師生一同探險，踏上更貼近青年學子尋覓心靈英雄的旅程。

【心動聽】

李佩蓉老師的文學課

十元銅板換來鄉土的感動

苗栗高中的黃琇苓老師有個暱稱「國文界的賈伯斯」，她熟稔數位科技融入教學，無論是地理資訊系統、社群網站或是數位攝影都難不倒她。她熱血的跨領域教學方式，一反傳統文學課程「知人論世」的方法，藉由地理資訊系統立體化作者的生平介紹，讓學生理解作家一生壯遊，流離，貶謫的歷程，從古人流轉山河間，體會大道多歧，人生實難的哲理。品讀作品中流淌的超脫與勇氣，更能逼視文學是黑暗中的光芒。

在位於山城的中學教書，面對城鎮中沒有書店，學生都沉溺於手機，閱讀習慣難以生根，學生在課堂上通常是片面接受知識，不易活用於生活中。喜歡旅遊的黃琇苓很早就開始接觸Google Earth，利用衛星定位、地圖與街景照片整理旅行資料。有一天在準備徐志摩的〈再別康橋〉時，突然想起何不讓學生上網瀏覽實境？不是要比紙本的照片更為逼真？接著她在二〇一三年的國文學科種子教師營隊中，因為講座強調紀實文學寫作應當重視說故事的力量，她開始省思，國文課上每個作者應該都有一個漂亮的、有個性的和有生命力的故事，於是她發想運用Google Earth，師生一起隨著作家旅行與遊歷。

在教學上，她重新省思文本與文學史，找出作家曾經行旅過的路線，進一步把地理圖資與多媒體系統整合到課程中，學生因此可以看見徐志摩依依不捨的康橋，更可以觀察作者生涯的移動路線，理解文學源於人間，文學就是人生百態。

更重要的是，一般老師帶領學生讀蘇軾的傳記資料時，他所走踏過的瓊州、黃州、杭州或常州都只有一字之差，殊不知在沒有飛機、高鐵、火車與汽車的年代，要在遙迢的山河大地上行旅，何其困難？當學生比對地圖後，都萬分感嘆。透過簡單的車馬，歷經風霜，政敵環伺，滿懷悲憤，竟然能堅毅地不斷突圍，留下啟發人心的詩文，心頭自然會湧現無限感慨。黃琇苓每次建構一個作者生平的時候，從文學與地理資料的交錯，都會發現一道繽紛的生命脈絡，立體化古人的生命歷程；地理圖資跨越了有限文字，進入到無窮的生命時空，藉此帶領同學走讀文學，不必花費旅費，能吸引同學去蒐集更多在地的風土人文資料，讓作品的意涵更為豐盈。

黃琇苓很快就發現地理圖資在臺灣文學的講授上，能夠提供更深化教學的素材。無論是導讀郁永河的《裨海紀遊》或是鍾理和的〈做田〉，Google Earth可以結合地圖、照片、影片等資料，讓身處苗栗的同學彈指間，走近硫磺礦坑，踏入美濃田間，印證採礦與耕作者的艱辛；甚至導覽康熙年間臺北湖或安平港，古今對照，水路都變成陸地，滄海桑田之感，更可以加深學生探索文學和自然生態的熱情。

黃琇苓為了豐富教案內容，把臺灣豐富的數位典藏資源應用在教學上，更進一步帶動學生一起從藍鼎元的〈紀水沙連〉一文發想，師生一起整合歷史、文學與地理資訊。她以「單一故事的危險性——紀水沙連」為題，製作了一個生動的教案，獲選教育部高中資訊科技融入教學資源創新應用教案特優獎。她引導學生在線上走讀文學地景，同學因此認識臺灣多元族群的歷史與分布，也因為具體觀察與描述苗栗各族群分布與生活的實況，讓同學寫作的內容更加豐富多樣，強化了書寫的能量。黃琇苓強調，透過一個旅行者的觀點，原來別人是怎麼看你，或是你自己親身去訪談周圍的人怎麼看你這個人。學生開始展現出異質性，增強了生活的感知，不再浮光掠影，生命書寫的深度與廣度都更絢麗多彩。

當作業指派學生採訪苗栗不同族群的住民，青年走訪了山線的不同車站，和老人對話，筆下湧現出一個老齡化的臺灣，一個沒落的火車站，以及沉澱在鄉野中獨居老者的悲哀。這些人、事、物對學生來說都是生疏且新鮮的，他們開始說一個個故事。在老師命名為「種族山海經」的單元中，這些來自現場的小故事打動了老師，黃琇苓帶學生參加誠品的高中生創意閱讀計畫，先細讀劉克襄的《十五顆小行星》，然後鼓勵學生透過手機查找鄉土、文學或旅行的資訊，組成討論群組，交換訊息。最有趣的是她設計「十元的感動」活動，發十塊錢給每個學生，要求他們思索如何跟在地人交換一個連結，展開與陌生人的一場對談，讓學生走進鄉土中。

小小的十元銅板，換來不少好故事。

一組分配到觀察苗栗廢棄車站的同學，心不甘情不願地到南勢車站，原本以為小小廢棄的建築物乏善可陳，不意巧遇一個鐵路旅行的團隊，學生提到「十元的感動」計畫，團隊成員覺得很有趣，於是雙方約定，他們說個鐵路旅行的故事，同學付出十元，未來這個銅板的任務就是交換故事，雙方留下聯絡方式，沒多久同學收到一則訊息通知，當鐵路旅行團到彰化後，他們和一位口足藝人交換故事，把十元銅板傳遞出去，所以同學很開心，一個銅板換來了好多個來自遠方的生命故事。

另一組同學到了苑裡，對環境相當陌生，一籌莫展，左思右想，都不知該如何展開「十元的感動」計畫，於是走到菜市場，看到一個賣芭樂的小男孩，箱子上標示一顆十元，學生買了一個，就問起小男孩：「為何在寒假期間不出去玩，要在這裡做生意？」

「因為家境很窮困，必須要幫忙家人賣，但站在市場的角落，都沒有人買。」

這群學生熱血湧上心頭，就捲起袖子，幫忙在市場中叫賣芭樂，讓主婦們看見小男孩滯銷的水果，順利推銷出一箱芭樂。從顧客變成幫手，從報導者變成參與者，十元銅板生出魔力，激發出學生的同理心和實踐力。黃琇苓說，學生筆下湧現土地的感動，不再只是作家書寫的苗栗，而是這個世代，十七歲孩子所看到的苗栗，是一個有情世間。

黃琇苓沒有讓學生只目眩神迷在多媒體上，她以生活化與思辨性的主題帶動學生走進鄉土，不是記錄者或旁觀者，而是在一趟又一趟的旅行中，每個十塊銅板都交換到多元繽紛的感動，也證實了現在的孩子並不是冷漠，並不是討厭課堂，只是沒有找到可以付出熱情的場域，一旦他們生命中能接觸到弱小者，在能力所及之處，他們就會起身，以創新和熱血的方法，實現新世代的社會正義。

【心動聽】

黃琇苓老師的文學課

一場演講會，讓學生更慎思明辨

自從實施一〇八課綱後，賦予國文老師「探究式教學」的使命，同時還要幫學生設計學習歷程檔案，在未來升學時，能讓大學端的教授看到高中學生的思考與研究能力。黃淑偵知道景美女高的學生忙於準備考試，如何設計出結合課文與生活的教學活動，讓擅長在網路中蒐集資訊的學生，發揮思辨與同理心？又能具體而微產出「學習歷程」？這讓她和同伴都傷透腦筋。

「探究式教學」的理念，就是希望改革傳統以教師為中心的教室，減少老師單方面的講授，強化師生互動。而教學所依據的課文不再是單一的權威文本，希望同學能從教材中印證生活中有待辯證與澄清的問題，透過蒐集資料、討論、分析與書寫表達，呈現出自身的觀點。黃淑偵不想太快帶領景美女中的學生寫小論文，而她看過許多TED演講，發現一場精彩的短講，其實濃縮了聽說讀寫的語文能量，又要能從文學、媒體和專業的文本中找到論點，開展出跨科的思辨觀點，那麼何不以一學期的時間，籌備一場演講會？

黃淑偵先尋思這一學期的課本中，有哪些可以帶來提升演說技巧的課文？她發現《禮記》的〈大同與小康〉一文，從倫理層次，描述了理想世界的藍圖，那麼從演說講稿的結構上，怎麼區分總說與分述，層層分析，經典文本正提供了絕佳範例。羅智成的〈尋找部落〉一文是紀實散文，生動觀察環境，引證活潑，也提供了多元的觀察。當然，要能吸引聽眾，講好故事非常重要，那麼徐國能的〈第九味〉可以提供同學模仿故事脈絡鋪排，以及打造人物形象的技巧。至於《牡丹亭》原本就不只是靜態的文字，可歌、可演以及可舞，文字中高超的情境象徵，以及烘托反襯手法，對同樣要登上舞臺的同學，自然不容錯過。

演講教學的框架底定，接下來的挑戰是：如何在尋常生活中找到同學有感受的題目？黃淑偵從一則廣告爭議新聞中得到靈感。在二〇一四年的秋天，原住民族文化事業基金會辦理「二〇一四Pulima藝術節」，為了推廣活動在都會區多個場地辦理，觀眾利用捷運可以穿梭多個音樂、戲劇以及舞蹈演出場地，因此拍攝了一個短片。主角是一位外國的帥哥，跟隨著美麗的原住民美女，穿越城市的街道與捷運站，欣賞了各式各樣的原住民歌舞，最後還獲贈一張藝術節專屬的悠遊卡。沒想到廣告推出後，竟引發軒然大波，抗議團體主張，從後殖民文化的角度，原住民一直就是受西方人壓迫與被觀看的一方，女性更是弱勢中的弱勢，指責主辦單位竟然以物化女性的刻板印象，宣傳活動，令人費解。

究竟一則「好意」傳播多元文化的廣告，是否傳遞出「微歧視」（Microaggression）的意涵？究竟在我們日常所閱聽的廣告中，是否也會不斷出現類似的、難以察覺的偏見？例如：家用商品廣告總刻板化母職與女性角色？廣告是否暗自傳遞女孩一定要白皙與纖瘦才美？黃淑偵決定以廣告為觀察的對象，請同學以「思辨廣告中的微歧視」為題目，希望同學轉身以耳聰目明的閱聽人角度，重新省視習以為常的電視廣告，思索廣告打造族群或性別角色，傳遞隱藏在主流社會中，對特定族群或性別的刻板印象，這些微小的傷害總躲在善意背後，可能是一個美好的畫面，也可能只是一句玩笑話，說者無心，聽者有意，終究讓弱小者有著遭受歧視的傷痛。

黃淑偵於是在講授與討論系列課文前，就向同學宣布要辦一場演講會，不過不是邀約學者專家來班上，而是要請全班同學組織起來，讓每個同學都先寫好講稿，製作簡報，輪流上臺短講。只不過TED的講者每場講十八分鐘，同學只要預備三到五分鐘的內容即可。她一面講解，一面看著臺下發亮的眼睛，提醒求好與好勝的學生們，在準備時，要能思辨微歧視定義、區辨訊息、組織論點、掌握論據、闡釋寓意以及發揮演說感染力，才能夠得到高分。當學生不約而同發出緊張的嘆息時，黃淑偵說：「最重的是，要請大家為弱勢族群發聲。」

抱持著思辨微歧視意涵的思考框架，師生在討論與分析課文時，雖然是文言文、白話散文或戲曲，就都不自覺與原住民廣告爭議扣合在一起，同學會自動在學《禮記》時，能思考理想的價值，更洞悉一旦無法堅持正道，常常引發意想不到的傷害。討論〈尋找部落〉時，剖析論點與例證，進而區辨廣告中微歧視的意涵。在準備演講時，認識了〈第九味〉中的精彩人物故事後，可以引導學生討論：故事中人物在生命道路轉折處，所面臨的掙扎與痛。最後搭配《牡丹亭》，讓學生進入園林中，想像粉墨登場的展演，預想未來的演講情境。

因此，景美女高的同學就不只書寫作品，更為了上臺演講，同學必須鎖定要分析的廣告主題，蒐集資料，辨識訊息，然後組織論點與例證。為了讓演說更接地氣以及更有批判力，黃淑偵在演講前特別提醒學生，講理與說故事時，不只要摘要與濃縮廣告內容，正反論述內容符合微歧視定義的程度，更要反思自己是不是也曾在「一番好意」下，表現出微歧視的行為，或抱持著偏見？才能更具感染力說服聽眾。

學生提出了許多生動的例證，雖然看似緊張，但也滔滔雄辯，縱使是同一個廣告，婆婆檢查新娘子的牙齒與耳垂，挑剔身材，一位同學就批判廣告物化女性，把新娘和二手車連結，頗有歧視女性之嫌；但另一位同學卻提出不同觀點，覺得廣告妖魔化婆婆，其實精明幹練的長輩應當受尊重。

也有位同學在詮釋與舉例時，提及一位政論節目名嘴的發言：「優先讓遊民施打疫苗是浪費！」在引發輿論大加撻伐後，名嘴補充解釋：「我是說市政府應該給遊民妥善的安置，不然打了也是浪費。」同學細膩地分析，雖然名嘴以善意的語言，表達要好好照顧遊民的心意，但包裝在看似正義的文字中，依舊不尊重遊民也是一個獨立個體，應當有免於微歧視的權利。

當演講會結束後，相信同學不僅留存了一份有文字與影音的「學習歷程檔案」，更因此養成了「激進的同理心」。美國作家伊莎貝爾．威爾克森（Isabel Wilkerson）認為：「通常我們認為同理心是能設身處地替別人著想，而激進的同理心要求我們採取行動，真正去瞭解對方的經歷，去瞭解並看見，這需要付出很多努力，需要學習歷史，也需要時間去聆聽，用一顆謙卑的心與開放的心胸，去體會別人的處境。」

微歧視的文字是一把隱形傷人的小刀，因為一門文學課讓更多公益理念的言說，得以癒合弱勢者心上的傷口。

讓理工控的學生不怕作文

葉淑芬總是細心批改學生作文，不僅僅挑錯字，修改文句，她總是想從孩子們的書寫中發掘教學上的不足：為什麼給了精彩的小說，學生只看到情節，無從體會小說家的微言大義？為什麼提供範例的散文，學生只能點出優美的文句，無法吸收散文家謀篇布局的設計？又或者學生總不擅長推論，只會在題目的字面上打轉，無法詮釋與申論出更深層的論點？

久而久之，葉淑芬體悟了一個道理，寫作課不能只任由學生寫，要多討論，不要限定題目的字句，而是給學生一個事件、一個範圍，先讓學生的寫作任務停留在運用推論技巧上，高層次的孩子們會從具象推論到抽象，一般程度的孩子能從表層再推進去一些相關的事理，一旦習慣了從字面推論到比較深層的意涵，學生下筆時，眼前就豁然開朗了！

因此，從閱讀開始就應當培養學生推論的力量，葉淑芬覺得文言文教學就是很好的機會。以柳宗元的〈始得西山宴遊記〉為例，如何能讓學生理解這不僅僅是一篇遊記，而是能分析與拆解，理解柳宗元登臨西山前，以及登臨後所看到的景象跟心理的反應。她總會提醒學生「推論」的重要性，讓學生討論：柳宗元原本沉浸在貶謫的低潮中，其後卻能「心凝形釋，與萬化冥合。然後知吾向之未始遊，遊於是乎始……」究竟是什麼情景與體悟，帶來全然不同的體會與突圍？

在這場沒有標準答案的討論中，葉淑芬老師不斷帶領學生出入在具象的山水景物和抽象的思維間，討論為何買醉無助於消解煩憂？又為什麼浸淫在山水當中會不想回到現實的城鎮裡？為什麼一個人終究要有心境的轉變，才讓他有了嶄新的生命體會？在不斷推論之中，不同生活經驗的學生，常會找到不同的答案，也各自體會推理的刺激與挑戰。

葉淑芬老師是永春高中的名師，也經常到臺灣各地分享她的作文補救教學，以及差異化教學的心得。在她所任教的學校，固然有文組的學生，擅長舞文弄墨，但不少理工控的孩子有著傑出的數理表現，善於抽象的思維與運算能力，卻未必有著良好的書寫素養。葉淑芬導入差異化教學（Differentiated Instruction）到教學現場，期待接納每一個學生的學習方式不同、先備知識不同、學習興趣不同、學習需求不同，老師要適應學生在寫作能力上的差異，因此教學上也就必須採用不同的教學策略，葉淑芬也一直設計與改善教學法，努力使理工專長的學生能體會作文之美。

面對差異化教學的挑戰，葉淑芬會給予不同程度的學生不太一樣的寫作任務，她不再要求學生一定要寫滿一張六百字的稿子，起步中的學生只要求三百個字以上即可，在相同的時間中，讓不同程度的學生提出不同長度的書寫，就先緩解了學生的焦慮。

葉淑芬也發現網路世代的學生習慣圖像閱讀與思考，在臉書或Line上往往都是圖文搭配，緊緊捉住讀者的眼球。因此她會設計圖文創作的作業，以照片引發動機，或是先繪圖再寫作，當有具體的景物和情境時，理工科的學生一樣興發具體的感受，更容易以景物或感悟充實文章的內容。因此，當學生分析完〈始得西山宴遊記〉後，她請數理班的學生先畫圖，再書寫人生的突圍。一位數理資優班的學生，原本文章都不夠具體，但當他先畫下π（圓周率符號），接著分析π的一橫、一撇、一勾各自的意涵，他開始討論自己生活常常會畫下界線，自我設限，撇與勾讓他聯想到突破框架跟限制的生活時刻，讓他看到生命當中不同的風景。對葉淑芬來說，這樣的聯想其實很有新意，也很有特色，也讓這位同學沾沾自喜，不再視寫作為畏途。

葉淑芬更進一步建議同學在圖文創作時，進行拼貼，也就是把生命情境當中最想突破或改變的一個現狀放進圖中，這個圖形一定要和學生身體、生活或學業上的事物有關，當然也可以是一個幾何圖形，然後讓學生詮釋這個疊合上的具體物件與抽象概念間的關係與變化。有位非常乖巧，中規中矩的學生就用圓規畫了一個圓形，旁邊又徒手畫了一個不工整的圓，然後寫下了一篇相當精彩的文章。

這位乖乖的同學內心一直想擺脫「好孩子」的形象，但總是很難脫離一板一眼的無形牢籠，父母親對她的各種關心都像一個圓，把她框限在一個規律的圓當中，讓她倍感疲憊。於是她提問，人生是不是只該追求完美？她回想起從小總覺得自己不夠好，父親一直期待家中有個男孩子，她不能符合父親的期望，也一直使她無法多親近父親，直到慢慢長大以後，發現其實父親並沒有不疼愛她。於是女孩發現，父女倆都必須從各自觀點中走出來，體會到生命本就不完美，就像不規則的圓形也無非另一種美，不是嗎？當老師讀到了這個平日拘謹的學生能說出心中話，把兩個圓跟童年經驗貼合在一起，不但心疼，也知道她掌握了緣景抒情的手法。

葉淑芬說，看到學生寫下：「放下標準才能趨近標準，因為生命不是數學習題，有方程式可以依循的，生命這個長遠的習題是要自我的獨立思考，也許內在的聲音才能無限的揮灑，而且趨近於屬於我的標準。」葉淑芬真的無比感動，透過圖文創作的引導，讓學生知道要效法柳宗元，從苦痛中走出，而女孩的寫作也從兩個圓逼近了自己的衝突與矛盾，發現一旦不要侷限在痛苦與期待中，不再質疑自己，女孩的書寫也就有了更深刻的力道，也朗現了柳暗光明的新路。

在葉淑芬的班上，寫作課更是一門討論課，同學會先討論自己的推論與經驗，彼此分享觀點，提出各種衝突的想法，綜合整理後再各自寫作。這讓她的學生能挖掘更深層的思維，能設計更縝密的美感，更能讓理工控的學生也不害怕作文。關鍵的祕密武器莫過於圖文創作，讓學生在豐富的「畫面」與生活連結中，珍重自己的回憶與心事，找到動情的景色或事件，讓哀樂與抒情油然而生，文章才有了質量。

【心動聽】

葉淑芬老師的文學課

書寫小說以安頓身心

寫作究竟有無安頓身心的作用？在戰亂中飽嘗思鄉與同袍死亡之痛的洛夫曾說：「攬鏡自照，我們所見到的不是現代人的影像，而是現代人殘酷的命運，寫詩即是對付這殘酷命運的一種報復手段。」終身為童年陰影與疾病所苦的卡夫卡（Franz Kafka），在寫給父親的信中說：「我的寫作全都圍繞著你，我的寫作不過是在傾訴無法在你懷中哭訴的那些事情。」看來驚世寓言《變形記》（*Metamorphosis*）的魔幻中，透露著父子僵局的苦澀。無論詩人或小說家的筆耕，無一不在印證尼采的觀點：「生命通過藝術而自救」。

在校園中，越來越多學生陷入身心與情緒困擾，尋求諮商輔導者更是與日俱增。不過，臺灣一直沒有一套結合敘事治療與小說寫作教學的方法與教程，在美國聖克勞德技術和社區學院（St. Cloud Technical and Community College）任教的潔西卡・勞瑞（Jessica Lourey），不僅僅是知名的犯罪小說家，更以寫作轉化悲傷、恐懼與嚴酷命運，並發展出寫作教學課程，讓她的學生從紙縫中看見彷若有光的風景。

德裔美國作家潔西卡・勞瑞中學時就熱愛寫作，也暗暗立下承諾，希望自己用盡全力在寫作上。但是為了完成碩士學位，她擱下了創作，轉往研究與教學工作上。她在二〇〇〇年邂逅了傑伊，一位任職於美國自然資源部的生態學家，身材高大，黑色眼珠，充滿感染力的笑容，工作認真，也熱心公益，業餘還指導地區少年足球隊。他們隔年八月結婚，一切看似完美，她也懷有身孕了，就在九月十一日，兩人吵一架後，傑伊負氣開車出門，兩天後警方發現他自殺身亡。失去丈夫、失去家庭支柱後，她陷入憂鬱的混亂中，縱使家人和朋友都在旁協助與安慰，但她始終無法從黑暗中起身。

直到她發現，悲痛、傷害與哀愁使她的行為和心境都產生變化，美好的自我已經遠走。當她努力找回原來的自己時，她開始寫作，但不是回憶錄與日記，因為丈夫充斥在思念與恐怖的追憶中，紀實寫作會不斷打斷思考，自此遊走在她筆下的是一本小說，一本犯罪小說。

勞瑞展開小說寫作時，種種羞恥與受創的情緒、回憶和困擾充斥全身，也一一轉化在小說情節中。一面書寫，勞瑞一面開始理解，自從丈夫死去後，她和所有經歷過心理創傷者一樣，不斷蒐集與累積疼痛，憂鬱不斷盤旋，揮之不去。但透過寫作可以使傷害表面化，並且可以檢視傷痛造成的影響。寫作與心靈省思的過程並無捷徑，緩慢而艱難，為了讓自己更清楚寫作療癒的方法，她同時開始研究敘事治療（narrative therapy），其中閱讀治療（bibliotherapy，或翻譯為書目療法）和寫作治療（writing therapy）都有助於開展教學的設計。而她最有興趣的是，研究如何建構一套小說寫作與療癒能力的論證，以及寫作教學的方法。

藝術治療起源於一九六〇年代，應用在寫作上，則要遲至一九八〇年代中葉。佩內貝克（James W. Pennebaker）的系列研究中，研究小組開發了一種簡短的自我表露情緒書寫的模式，受測者每天花二十分鐘，透過寫作記錄下他們面對生活壓力的反映與處理態度。研究發現，自我表露書寫可以減少看診的次數、降低負面情緒、減緩創傷後壓力症、增強免疫功能以及增強身體機能。雖然心理學研究已經證明寫作確實有治療效果，可讓書寫者抒發或轉化隱藏羞恥、創痛與恥辱的壓力，甚至讓失戀者減少怨恨、失業者能儘早回到職場、改善人際關係增進同理心。但並非所有的書寫都能帶來正面的效果，勞瑞選擇以小說寫作進行療癒，也基於心理學研究的重要發現。

霍洛維茲（Horowitz）在一九八六年的研究指出，如果寫作治療進行中，書寫與創傷直接相關的想法、圖像、夢境或感受，往往會令人痛苦不堪，造成個人在意識上產生排斥，導致拒絕、避免或抑制的現象，無法進行認知轉變，反而不利於身心健康。

十年後，格林伯格（Greenberg）等人在〈情緒表達和身體健康：修改創傷記憶或促進自我調節？〉（*Emotional expression and physical health: revising traumatic memories or fostering self-regulation?*）研究中，將有創傷經驗的受測者，分配在三種不同類型的書寫型態中，分別是真實創傷（real traumas），假想創傷（imaginary traumas）或無關創傷的事件（trivial events）。假想創傷的書寫者雖然同樣經歷憤怒、恐懼和興奮，但在即時後測中，抑鬱狀況較低，且之後的健康狀況更好。實驗證明，真實創傷書寫者，要比其他兩組產生更大的疲勞和迴避現象。這個研究結果激勵了勞瑞，如果將紀實寫作引進寫作治療，很可能成為一把雙面刃，帶給書寫者二度傷害，而小說寫作看來較能夠讓書寫者宣洩壓力、調節情緒或建立彈性的自我，進而達到療癒效果。

勞瑞不僅發展教案，她也劍及履及，二〇〇二年推出第一部偵探小說《來救我》（*Mayday*），這本小說是她呼救的聲音，是她從心靈黑牢回到現實的努力，而她把寫作時的心境轉折，對照寫作的技巧的提醒，一一納入《改寫你的人生劇本》（*Rewrite Your Life*）一書，全書充滿了難得的生命體悟、情感與經驗，有著其他寫作指導書中罕見的華麗、驚心與深邃。

勞瑞遭遇喪夫之痛後，憂鬱的心情嚴重威脅親子關係，她自覺必須改變，於是透過寫作覺察自身的痛苦。她所開展的教育課程中，無論是如何將生活小說化，或是拆解小說寫作的各個環節，她都以溫暖、抒情與幽默的方式，在課堂上先敍說自身的故事，然後再談理論與方法，深入淺出，引人入勝。和一般創意寫作課程不同之處，她積極強調「像個作家一樣讀」，導入閱讀療法的觀念，並且提出：準備（Prepare）筆跟紙、沉浸（Immerse）和檢查（Examine）等三步驟的ＰＩＥ閱讀模式，內化故事的語言和節奏，關注用字遣詞，並且閱讀作家的生活觀與哲學，揉合讀字與讀人，為邁向書寫之路打好基礎。

勞瑞也充分掌握了敍事治療的關鍵——轉化，因此她不斷提醒讀者，當生命面對低潮時，不要只詛咒黑暗，如果能夠通過轉化創傷的意義，或是省思悲劇、羞辱和恐怖的意義，以小說筆法來回收與轉化自身的情感與經驗，藉以寫下生命中最重要的故事，發現自我，重寫生活，也讓自身的身心得到治療。特別是當塑造角色、發展對話的同時，寫作有助於作者把事件組織成一個連貫的敍述或故事，往往能產生新的觀點、問題定義或應對策略的角度。勞瑞說得真好：「小說寫作是個練習寬恕的好途徑，讓你就帶著智慧，在現實生活裡自然實踐。」

勞瑞因為開創出深入時代與心靈的教學法，獲得羅夫特卓越教學獎（The Loft's Excellence in Teaching fellowship），她所示範的生命故事書寫，不僅僅可以應用在學院的小說創作課堂，其實在社區營造中，也相當有推廣的價值。方雅慧過去在臺灣社區共學與社群的實踐中，就曾經帶動一系列的社區婦女說生命故事，進而引導社區能產生共同關切的議題與事務，提升對話與交流。如果讓社區民眾檢視自我的生命故事，進一步參考勞瑞靈活的方法帶領，相信無論是發想短篇小說或戲劇，都能抒發綿密深長的情思，累積治癒人心的故事。

不過小說寫作也絕非治療身心的萬靈丹，不少研究發現，寫作對憂鬱的治療效果有限。在臨床上，患者透過寫作可以緩解一定程度的憂鬱，但是一旦長期憂鬱，也會使書寫者不信任周邊人物，將經歷埋藏於心，不讓他人得知，也不轉化哀痛，自然會衝擊到寫作治療的效果。也有研究者主張，暴露在創傷性事件中，會給受創者帶來過於激烈的情緒反應，寫作無非使他陷入二度傷害，有時可能適得其反，造成新的傷害。所以沒有專業的心理治療師協助，缺乏人際互動，僅單靠寫作並不能帶來完整的效果，畢竟人們的自我認同還仰賴與社會社群的互動，只是獨自一個人寫作，缺乏人際互動與支持團體，依舊很難有所改善。這也不難說明何以勞瑞在書中要提醒讀者，當展開寫作計畫時，不妨加入寫作組織、工作坊或網路社群，可以免於單打獨鬥，也能讓書寫者有更多元的人際互動。

且讓我們開始用心閱讀，審視自我，書寫小說，安頓身心！

輯四／關懷與實踐

文學確實能讓學生得以更接近真實，貼近社會的角落，聽見弱小者無聲的哀嚎，也因為理性的論辯帶來更深切的同理心。

讓學生到老人院傾聽與寫作

月考完，有個女孩頭低低來到陳嘉英的辦公室，她聲音顫抖：「老師，老奶奶不見了！」

「怎麼了？妳怎麼知道的？」

「因為月考，我晚了一個星期去探望她，昨天去老人院時，她的房間裡所有東西都清空了，我當場就放聲大哭。」

嘉英老師拉起孩子的手，很多老師安慰她：「別難過，這是生命的歷程，老奶奶其實一直都在那裡的。」

這是一門在景美女中的國文課，陳嘉英老師帶領著學生走進文山區的老人長照中心。起心動念是希望學生的服務學習時數不要空轉，不只是掃掃地，或蜻蜓點水似的志工服務，期盼學生貼近老人家，傾聽封藏在歲月中的故事。陳嘉英說服長者們，每一個人都是一個傳奇，都見證過一個時代，絕對要讓生命故事傳遞給下一代，請不要藏私，讓孩子們知道臺灣是如何走到今天的！

課程一開始，就面對了溝通的困難。

老人家完全不認識的十七歲小女孩，闖進了生活中，既陌生又缺乏共同話題。另一頭，羞澀又缺乏採訪經驗的高中生，完全不知道如何涉足一道生命的長河，甚至以為自己在枯井中打水。

陳嘉英設計了一個暖身的活動，同學們詢問長者名字的由來、意義和背後的祝福。原本老人總說沒有故事可說，因為這個簡單又難以回絕的問題，回溯時光之河，回到了自己的童年，殷殷探詢父母如何從字典、命盤和八字間，以名字祝福紅嬰仔。當老人打開了記憶的水閘，學生們要承接的就是長者腦海中流洩出的青春、流離、衝突等雜陳的滋味。

經常去拜訪，老奶奶和小女孩慢慢成為無所不談的忘年交。小女孩會抱怨：「好煩喔！總有念不完的書，總有考不完的試！」

老奶奶說：「好羨慕妳可以上學，我小時候為了躲避空襲，學校都停課了，完全沒有讀書的機會。」

寂寞的老奶奶還會拿出老照片，兩人就攜手走進一個風華正茂的舊時光。小女孩讚嘆：「妳穿旗袍好漂亮喔！」

老奶奶笑瞇了眼，瀲灩得像胭紅，暖烘烘熨平了她臉上的皺紋和滄桑。

陳嘉英記得學生期中的回饋，其實一九四九的記憶不只存在龍應台的《大江大海一九四九》一書中，學生所造訪的老奶奶身上有精彩無比的傳奇，歷史課本裡找不到，更鮮少有其他書籍記載下來。透過中學生的筆，再現了一則又一則原本深深埋藏在客家庄、原住民部落或是大江南北的往事。有個小女孩告訴嘉英老師，原來我照顧的老奶奶在大陸的時候，是個千金大小姐，肩不能挑，手不能提，頗為驕橫。因為戰亂來到臺灣，成家之後，落地生根，為母則強，承擔起生活種種的重擔，以無比的隱忍面對生命的挑戰與折磨。對於小女孩來說，以為在小說裡才有的苦楚與荒謬，活生生出現在眼前，寫下的心得毫無保留道出了精神上的衝擊與成長。

和其他高中生的社區服務學習不一樣，學生不是零星從事各式各樣的志工工作，累積時數，取得學分。陳嘉英要求學生以一個學期的時間，反覆陪伴長者，當女孩開始用羨慕、讚嘆和驚訝的眼神望著老奶奶，老人原本沉默在晝長人靜中，會突然覺得自己的人生沒有虛度，原來如斯精彩。在學期末，同學還把半年來陪伴的過程拍成紀錄片，放映給老人家看。從沒有上過電視螢幕的老人都很興奮，因為當了一次最佳男、女主角！

高中女孩身上也開始產生微妙的性格變化，她們變得更為主動、親切與好奇，平日與自己爺爺、奶奶往往無言以對的親子關係，竟也轉為開暢疏朗，撒嬌聊天不在話下，孩子們在餐桌上也開始進行口述歷史了！陳嘉英笑著說，還有學生說，如今在捷運上或公車上遇見老人，會主動和老人講話，每段對話都有趣極了。以前臺灣舊日時光突然和自身有了關係，老老小小悠遊在島國的流金歲月中。

曾經獲得臺灣省師鐸獎的陳嘉英老師知道，出這個作業既溫馨又冒險，學生總是侷限在狹仄的生活空間中，沒有辦法擴展寫作的題材，而文章的好壞首要就在「選題」，若要突破選題的貧乏，就必須開拓生活經驗。她常引用張大春在一次報導文學獎評審中提到：「報導文學寫作其實植基於一個

『發現』的理想，構築於一種『發現』的過程。」因此她希望學生要不斷自問：「我的作文究竟『發現』了什麼值得好奇的人、事、觀點和想法？」

到老人院的服務與書寫，要以關懷的心踏出舒適圈，是一大挑戰。陳嘉英認為，作文教育與素養教學需要生活現場的滋潤，老師的陪伴就顯得十分重要，讓學生懂得應對進退，學習聆聽與同理，甚至認識生命的消逝常令人措手不及，更要懂得面對震驚、生氣與恐懼，學著從過去甜美的時光中找到化解傷痛的力量。寫作課正是生命教育的一環，讓女孩在十七歲就得以長成，放下任性依賴，勇敢獨立，得到無價的領悟。

陳嘉英一直記得，那位來到辦公室哀逝老奶奶的女孩所寫的作文：「我在黃昏的時候走到那個長長的廊道裡，好幾次奶奶是笑著從那邊迎接我的。後來我站在門口，知道奶奶的東西都已經不在了，於是我沒有敲門，那麼我就會相信奶奶是在裡面等我的，只是我還沒有叩門而已。」

【心動聽】

陳嘉英老師的文學課

文章與遊戲碰撞出社會改革的沉思

李明慈在中山女高教國文多年，一直思考如何促進同學的思辨能力，特別是如何把抽象的觀念：責任感、承擔或自由，轉化為具象與可以描述的對象，就在一次到挪威奧斯陸的自助旅行時，一個「毛根」的遊戲，觸動了她的創意。

二〇一四年暑假來到北歐，李明慈造訪諾貝爾和平中心（The Nobel Peace Center），本想多認識諾貝爾和平獎的淵源及歷程，無意間走進了一個手工藝品的展間，展示了遊客以「毛根」折成的手作創意。和平中心在此以「自由」為題，希望不同國家、種族、膚色的遊客能反照內心，折出表達「自由」理念的手作，完成後寫下創作的理念及內涵，館方擇優展示了繽紛多元的各色作品。

李明慈一一審視以細鐵絲與毛茸茸的毛根講述的「自由」，有蝴蝶或星星造型，象徵飛行與光明的嚮往；也有蝸牛和青蛙的形象，訴說出困入泥淖中，匍匐前行。李明慈發現，自由是如此抽象與不易解說的觀念，然而透過聯想與遊戲的具體展示，把每個人不同的意志都呈現出來了。她彎曲手中的毛根，折出一個竹蜻蜓，期待雙手猛力旋轉後就展開雙翅，去到任何想去的地方。

當時困擾著李明慈的還有一個社會現象，臺灣瀰漫著一股追求「小確幸」的風潮，願意投身社會公益者少，討論美食美景者眾，當思辨大環境要如何改變時？指責政府的聲量不小，但願意一起承擔的聲音渺不可聞。正好她準備講解〈岳陽樓記〉，並且參與臺北市跨校共同備課計畫，開放教室讓其他老師公開觀課，那麼究竟要如何呈現這篇鏗鏘有力的文章？她尋思著。

李明慈再次細讀范仲淹的〈岳陽樓記〉，深入作者憂跟樂的思想，發現其中重要的關鍵詞就是「承擔」，於是她希望連結課文，帶動學生思索個人承擔與生命提升的方法。十分湊巧的是，與她共同備課的朋友，傳來幾篇文章，張系國提出相當尖銳的批判，臺灣人最愛的是小確幸，根本是最自私的想法。相反的，也有文章談新創事業，提及小確幸的願望是臺灣的競爭優勢。於是她找到非常貼近現實的主軸，讓同學在課文之外先看這兩篇文章，讀後討論：「何以知識份子要有先天下之憂而憂，後天下之樂而樂的胸懷？」期待透過一系列的辯論，師生共同思索「承擔」實際的意涵為何？好處與缺點？實現承擔的方法與建議？實現承擔的情感回饋？以及這篇古文在現代的意涵與實踐的可能？

不僅限於書面與口頭的討論，李明慈希望能展現文學作品的關鍵的意象，讓文章核心的思考能轉化出詩的意象。既然「承擔」是重要的意念，雖然相當抽象，但就如同她在諾貝爾和平中心所見，一旦能摺出具體的象徵物，便會展現出眾聲喧譁的效應。於是在第一天的討論後，下課前，老師交代了一個功課：「請同學回家思考一下承擔的各個面向，沉澱一個晚上。」第二天接續討論前，老師拿出「毛根」，讓同學一起玩手工藝，主題就是「承擔」。讓李明慈意外的是，學生手作完成度高且快，大概十五分鐘就可以完成自己的創作，再花三十五分鐘寫作與陳述概念，讓不同程度的學生有各自表達學習成果的機會，也符合差異化教學的趨勢。

劉力萌同學說，從毛根的本質來看，毛根能屈能伸，代表著承擔者應有的特質，如同孟子所說：「天將降大任於斯人也，必先苦其心志，勞其筋骨，餓其體膚。」於是，她將毛根折成一個類似凹槽的形狀，代表了承擔者的胸襟，要能充填眾人的煩惱與需求於其中，同時責任、壓力與痛苦也必然隨之而來。而她在凹槽下放置了環狀的底座，可以立穩，代表承擔者必須站穩腳步，方能幫助人們遠離困境。

郭貞儀則打了個領結，她從父親的角色出發，遙想兒時，興沖沖的打開父親的衣櫃，套上那深色西裝，抓起領帶，卻不懂領帶的繫法。但在父親的疼愛中，小小的身形漸漸成熟，單薄的肩膀挺立起，發現自己要先負起責任，懂得穿上制服、繫上領結、綁好鞋帶，自己前進。因此領結是成熟的象徵，也在家人之間串上了無形的結，不會輕易拆開。

游謹瑜則折出一個紫色的圓圈，連結著一個藍色的階梯，如何通過重重困難，步向完滿，是她思索的結果。在作文中她提出具有歷史縱深的想像，畢竟承擔有時候是繼承他人的重責大任，有時候是開創未來，任務沉重都需要寬大的肩膀，或大肚容忍，或是圓滑的性格，無論是十八世紀的自由主義者，現在的民主提倡者，都要努力連結大眾，擔起自己跟眾人的重擔，所以她看重的是「連結」的困難。

經過同學的闡述與討論，讓「承擔」有了更多不同的面向與深度，學生更加理解：如果青年都不願意承擔公共事務，臺灣有可能陷入危機中。而因為承擔，連結了眾人的苦難，可能會受到批評誤解，更有可能在心神上有巨大壓力，因此「不以物喜，不以己悲」的胸懷，就成為領導者必要的修練。李明慈覺得同學能在透過手作，把自己內心深處的想法召喚出來，在十七、八歲的時候，開始重視家庭與社會責任，尋思知識份子社會實踐的細節，也能從現實的生活環境裡頭，看到了公眾人物改善群己關係的困難，進一步分析出領導者的心理素質，確實帶出更多深刻的思辨歷程。

當整個課程快要結束前，李明慈還提出了《社企力》一書的閱讀心得，和同學分享社會企業的貢獻，讓同學思索大環境的改變究竟要仰賴商業、政府或是有其他的力量？在各國社會企業的發展中，為了讓街友自立，英國的社企訓練他們能為旅客導覽，過著自給自足的生活；或如來自臺灣的哈佛畢業生喬琬珊成立時尚織品公司Shokay，收購西藏的犛牛絨，生產具有時尚與設計感的紡織品，創造價值，協助改善西藏遊牧民族的生計。反覆講述新例證之下，小確幸未必不好，也有可能說明了年輕人認真過活，有獨特品味，和〈岳陽樓記〉的精神遙相呼應。

李明慈生動有趣的國文思辨教學，閱讀的材料是古典的，寫作前的思考則是遊戲的，同學在詮釋與論證上則是會碰觸到非常多新鮮的、新穎的、當代的問題，包含了公眾人物怎麼做決策？又該怎樣容忍與負責？以及所接受的屈辱與誤解有哪些？當代人又該如何從商業、政治或社會企業中挑起世人的悲喜？在這個普遍追求小確幸的時代裡，李明慈的課程設計跨越代溝，讓新生代鄭重思索生涯發展的多重機會。

【心動聽】

李明慈老師的文學課

從結構性暴力直探原住民文學

蕭綺玉老師在高雄中學的課堂上，拿出同學間在臉書上分享的一則「趣聞」，網紅愛莉莎莎在ＩＧ上宣布推出一個全新企畫，到臺東製作節目：「我想要找『原住民約會』，有沒有原住民想要參加？（我要很有原住民味道的，就是不要已經漢化的），然後要知道只有原住民才會去的地方，或是帶我去吃原住民才會吃的料理……越有文化的越好！會喝小米酒還有穿傳統服飾更好。」這則貼文掀起一片物議，網友紛紛指責愛莉莎莎歧視原住民，但班上同學反應卻相當另類，超過七成的同學覺得事屬尋常，不必大驚小怪。

在充滿課業競爭的校園中，當討論到原住民議題時，也常會有學生憤憤不平的質問：「原住民同學憑什麼加分？」甚至有同學導出一個計算圓柱體的公式：$1.35*hr^2\pi$，意有所指地把原住民學生加分三十五％，轉化為「原柱體」，稱「原住民的體積」要比漢人多一・三五倍。

甚至在一群學生笑笑鬧鬧的戲謔中，蕭綺玉聽到學生一邊喊著「番仔」，伸手指著原住民的同學。

蕭綺玉相信這些無意識的調侃，脫口而出，或許說者無心，但聽者是否受傷？是否引發少數族群同學自我認同上的衝擊？在她多年的教學經驗中，發現不少原住民同學不願意表現出自己的身分，而漢人同學一旦不能理解，笑鬧中不斷製造的「微歧視」會點點滴滴傷害原住民同學的自尊。那麼，在討論原住民文學課程時，在講解文藻之美以及多元文化之餘，何不結合公民課程，從臺灣歷史與族群倫理觀念，讓同學思辨暴力社會結構下，原住民同學身上所承載的苦痛與壓力何在？能否因此培養出更有溫度的同理心？真正消解生活上存在的歧視？

在徵得公民科陳姿慧老師的同意，兩人在同一學期中，以跨域課程協同合作的方式，共同專注在原住民族與社會正義的議題上。在公民課，姿慧老師透過電影播放，看《大尾鱸鰻2》，搭配達悟族人現實處境的各種困難，包括核廢料儲存，傳統文化急速流失，以及達悟族人高於漢人五倍的精神失序現象，思索暴力社會結構是如何累積而成。

在蕭綺玉的國文課堂上，則選讀原住民文學作品，包括夏曼・藍波安的〈飛魚季〉、官鴻志的〈不孝兒英伸〉、孫大川的〈久久酒一次〉、莫那能的〈鐘聲響起時〉等文獻，通過梳理文本與社會脈絡，讓學生能夠深入部落裡族人「沒有名字、沒有獵場、沒有土地、語言近乎消滅」的巨大絕境中。

蕭綺玉不希望只鋪陳悲情，她引用挪威社會學家約翰・加爾通（Johan Galtung）的「結構性暴力」（Structural Violence）理論，指陳在現代社會的政治、社會和經濟體制下，有一種不易覺察、不明顯但卻廣泛存在的暴力形式，並不需要直接施加暴力於被害者肉體上，社會越現代化，「直接性暴力」就轉由「結構性暴力」所取代，媒體和網路上為直接暴力和結構暴力辯護、合理化的敍事，則是「文化暴力」。因此以歷年來的臺大學生入學背景分析為例，在二〇〇一年到二〇〇三年之間，來自臺北市的學生數目要比花蓮縣多十四倍，在二〇〇七年加入繁星計畫的多元入學管道後，改善區域間資源失衡的影響，兩縣市入學新生依舊存在七倍的差異。蕭綺玉問同學：「社會結構像一張蜘蛛網，我們是生活其上的蜘蛛，設想你們在經濟、人脈、國際觀、教育資源、外語能力上，有無差異？可能透過個人努力補綴網路上的差異？填平社會階級間的鴻溝？」

就在同學若有所思的情況下，蕭綺玉講述一九八六年發生的「湯英伸案」，一位鄒族的師範生休學後，離家北上打工，誤入了職業介紹所的陷阱，背負了高額的介紹費，進入一家洗衣店，一天工作超過十七個小時，身分證遭到扣押，在打算辭職返鄉時，店主人拒絕返還證件，還開口辱罵「番仔」，雙方扭打下，才到臺北九天的青年竟然成為殺害雇主一家三口的冷血殺手。蕭綺玉再次追問學生：「是什麼結構性的暴力因素，讓一個單純的青年變成滅門血案的兇手？」

就在同學熱烈討論「湯英伸案」的是非曲直後，蕭綺玉再舉出近年來很火熱的全球話題，就是新冠疫情爆發後，在美國的反中情緒下，川普政府曾把病毒與種族仇恨連結在一起，也種下了美國社會一連串歧視與傷害亞裔移民的社會事件。蕭綺玉提醒學生，結構性暴力不僅發生在原住民同學的身上，更是每個華人都要面對的文化差異與仇恨陰影。

回到課本選文夏曼・藍波安的〈飛魚季〉，細讀返鄉的作家學習傳統捕魚技術後，感嘆：「這就是我所要追求的，用勞動（傳統工作）累積自己的社會地位，用勞動深入探討自己文化的文明過程；與族人共存共享大自然的食物；廢除自己被漢化的汙名，讓被壓抑的驕傲再生。」反思夏曼・藍波安努力擺脫「漢化」的汙染，蕭綺玉讓同學重新思索愛莉莎莎想找「原住民約會」的貼文，咀嚼她徵選標準中排除已經「漢化的」，再次詢問學生這樣的言論是否有歧視的意味？結果超過八成的同學認為貼文確實有著微歧視。有學生就強調，網紅ＩＧ貼文中「漢化」一詞，本身就承載集結許多歷史的不公平與苦難，用來作為篩選的標準，並不妥當。同樣，稱呼原住民同學「山胞」、「番仔」，同學間也明確感受到其中的輕慢與價值觀扭曲。

蕭綺玉也進一步讓同學表達原住民同學升學加分政策妥當與否？原本僅有四成六的同學支持，經過課程反覆討論後，增加了一成六的學生改變立場，全班有高達六成二的同學考量歷史脈絡與結構性暴力的影響，認同加分政策符合社會正義。

蕭綺玉期待的是如布芮尼．布朗（Brené Brown）在《召喚勇氣》（*Dare to Lead*）一書中提到：「我們該在學校和教室裡創造一個讓孩子們能安全放下沉重盔甲的環境，敞開真心，讓別人看見真正的自己。」她希望原住民文學的教學不只澄清觀念，更能讓學生安心認同自身身分。她在批改回饋意見時，看到學生表示：「感覺很震驚，因為以前從來沒有深思過原住民的處境，現在才算是稍微了解殖民者對原住民的傷害。」蕭綺玉感到無比的安慰，文學確實能讓學生得以走向從未親身走過的田野，看見臺灣最偏遠的角落，聽見弱小者無聲的哀嚎，也因為理性的論辯帶來更深切的同理心。

現代杜甫的社會關懷

杜甫的〈石壕吏〉一詩見證了戰亂中庶民的苦痛，詩人目睹投宿主人家遭官吏抓丁，家中已無壯丁，來自戰場的家書道出：「存者且偷生，死者長已矣」的悲劇，無情與蠻橫的官吏依舊不放手，讓衣不蔽體的老婦都要赴前線，令人不勝唏噓。晚明的陸時雍評〈石壕吏〉云：「其事何長，其言何簡。『吏呼一何怒，婦啼一何苦』，二語便當數十言寫矣。文章家所云，要會以去形而得情，去情而得神故也。」道出了杜甫能以簡筆敘事，劇力萬鈞呈現出戰亂中千家萬戶庶民的苦痛。

高師大附中的陳燕秋老師覺得杜甫頗得新聞記者的神韻，因此她選擇〈石壕吏〉為基礎，延伸跨領域的實作主題，帶領學生探究新聞故事的書寫策略，希望在閱讀之餘，也能仿效詩聖以敏銳深刻的觀察力，懷抱關懷社會的悲憫並以一支展現好故事的筆，全班一起經營一份「新聞故事專刊」，讓經典文本能展現出現代價值。

陳燕秋將「敘事詩」與「新聞寫作」銜接的選擇，相當前衛，也讓人感到新奇。在詮釋〈石壕吏〉時，她以「故事山（Story Mountain）結構」為基礎，從開始、發展、問題、解決與結束的敘事元素，依次解讀這首充滿故事情節的作品，把敘事詩觸及的兵凶戰危，詳細地拆解與詮釋。另一方面，她以「新聞故事」點出了紀實書寫內在的敘事成分，和傳播學者臧國仁強調的「新聞敘事」若合符節，新聞並非冰冷冷與客觀事實陳述，其實包括故事的內在存在條件、行為動作描述、核心與衛星事件的報導。在陳燕秋的巧思下，學生一旦受到杜甫的社會寫實精神感染，理解了文字改變社會的力量，不妨進一步思索新聞報導如何影響當代社會與閱聽人。

在二〇二〇年我策畫的高中國文學科中心種子教師培訓活動，以「媒體與國語文素養的跨領域教學」為主題，邀請到臺灣推動媒介素養教育的鼻祖陳世敏教授開幕演講，就特別提醒老師們，應當把「媒介素養」當作潛在的課程，融入國文教學當中，藉由日常的報刊閱讀，認識新聞產製會受到政治經濟環境影響，媒體本身具有時效以及區域的侷限，記者往往奉行「新聞價值」進行書寫，因此先天上就容易有所偏誤，不可能完全貼近真實。陳燕秋就吸納了陳世敏老師的建議，讓全班共同讀報與比報，畢竟報紙新聞比課文更新穎與接地氣，和現實生活息息相關，作為討論的議題比較吸引學生。果然當導入社會新聞到課堂中，讓高中二年級的同學比較《中國時報》、《聯合報》與《自由時報》同一件事實的報導，既可以認識新聞寫作的特色與原理，也進一步分析出媒體既存立場造成內容偏誤的狀況，最後請同學提出理想的事實報導。

當老師以青年虐待動物致死觸法的新聞為例，學生就發現了標題與內文為了聳動，就特別強調嫌犯是臺大生、冷血與累犯，標籤化了嫌疑人，也有失平衡報導的媒體責任，背後的原因和商業媒體為了促銷息息相關。此時，陳燕秋也拿出〈石壕吏〉一詩，請同學思考，如果要改寫成一則新聞故事，站在朝廷、老婦與石壕吏的立場有何不同？要如何區辨？同學相當敏銳地提出，朝廷面對八萬安祿山大軍進逼鄴城，郭子儀大嘆前線無兵，這仗實在沒法打！然而老婦會主張，家中已經沒有男丁，經年累月的戰火，讓庶民完全沒有人權。最有趣的是有學生居然同情起石壕吏，遭到老婦欺瞞，徵兵的業績不佳，恐怕會受到長官懲罰。一旦課堂上呈現出多重的角色與觀點，陳燕秋就希望進一步提出一套新聞故事寫作與雜誌編輯的學習活動，希望能讓學生建構精彩的學習歷程檔案。

在高二上學期末，陳燕秋公告新聞故事學習歷程作業，還寫下了抒情的前言：「陳列眼中玉山風雲的壯闊與美，余秋雨陽關喟嘆行旅，郭強生那幽微的長照食堂，洪醒夫筆下單薄的戲臺在黃昏中褪去……讓封閉的心眼回溫甦醒，透過我們的發現和觀察、記錄和評論，關懷生於斯長於斯的這塊土地。」

她請同學四人組成一組，在寒假期間擇定一個報導主題，寫下兩千字，並搭配照片與影音紀錄，編輯成雜誌、書籍或報刊等出版物。為了讓同學循序漸進，老師規畫了不同階段的進度，分別是：第一階段，寒假期間決定採訪主題，進行企畫；第二階段，開學後繳交採訪成果，老師批閱後修改文稿；第三階段，期中考以後完成雜誌編輯，經老師審閱後再修正文稿；第四階段，舉辦觀摩與發表活動。

適逢農曆新年期間，同學在家中陪伴家人祭祖，或到廟裡進香，開始好奇老人家重視神道尚饗，不忘定期祭拜的原因和動機為何？宗教儀式在心靈寄託的意義為何？焚香與燒金紙會不會造成環境汙染的問題？身心安定與環境保護又該如何平衡？這一系列的問題讓同學們決定以家族書寫的形式，利用過年圍爐團圓的時刻，採訪各自的家人、長輩與親友，也傳遞家族中信仰背後的天地人思考。

同學剛開始並不熟悉新聞故事寫作的格式，採訪主題與圖片都相當精彩，第一個作業的題目都顯得研究氣味十足，其中一組訂下了〈論臺灣拜拜的習俗〉的標題，經陳燕秋妙筆修改為〈香煙裊裊——那真誠的盼與願〉，更能表彰文章中的情感與故事張力。

她發現，平日與祖父母有些生疏的高中生，藉由採訪的互動，讓同學貼近長輩的心靈，理解了逢年過節或是初一、十五的焚香祝禱並不是迷信，而是阿公阿嬤誠心為家人平安祈願，更是感恩神明和天地的誠意，香煙繚繞中，道出了關懷全家人的真情。不僅僅抒情，同學同時也進行研究，呈現出臺灣各宗教信仰人數與比例，廟宇的數量，以及神明的故事，資料豐富，充分顯現出同學樂於說故事。

經過多次的修正，特別是強化新聞故事中人物的對話，讓雜誌排版更活潑，特別是標題能貼近訪談內容，果然在學期中，同學就交出了亮麗的出版品。雖然初試啼聲，同學對新聞故事書寫仍然生疏，但這一堂前衛與向杜甫致敬的文學課，確實讓以「詩史」著稱的杜甫精神，重新流轉在師生之間。文學不僅抒情，更能言志，從家族故事與社會新聞報導入手，正展現了歷史與家國的集體情感，成就了文學記載民俗、時事與史實的功能。

和學生一起蹲在人生的現場

一九九九年夏天我完成博士論文定稿，利用暑假排版與校對，等待開學後呈遞給指導教授鄭瑞城老師，只要口試順利，大約在冬季就可以結束研究生生涯，展開到大學任教的嶄新旅程。

九二一地震發生後一週，我接到瑞城老師的來電：「文蔚，瞿海源教授忙全盟的建構與運作，你能去幫忙嗎？」全盟是「全國民間災後重建聯盟」的簡稱，是為了救災與社區資源協調成立的民間平臺。我答應老師會努力看看，掛了電話，立即聯繫素昧平生的瞿老師，下午在臺大社會所的研究室簡短「面試」。

瞿老師是全盟的執行長，他與另外兩位副執行長都是大學教授，課餘投身救災工作，因此希望我接掌「副執行長」，全職管理辦公室，負擔行政聯繫與新聞發言人。我願意接受挑戰，但職稱上我堅持掛「執行祕書」，瞿老師很尊重，立刻就帶我進辦公室。這段期間我放下學位論文，一忙就是十個月。

由於全盟對外進行民間「捐款監督」，期望災變捐款運用能更透明；對內提供加盟團體「協調服務」，強化一百多個公益團體聯繫與溝通，讓各地區資源能有效運用。我因此有機會結識社會福利、教育、醫療與宗教的民間團體，貼身學習他們的創意與熱情，真是難得的機緣。

但讓人感到挫折的是，公部門面對震災反應遲緩，部分基金會或協會不願意接受監督與公開財務。記得一個以教改著稱的組織，提出培訓家長到重建校園監工的企畫，在審視後，專家們認為，監工必須具備營造的專業，且認證後必須負擔法律責任，於是請他們修改一下企畫的內容。不久我接到抗議的電話，指責我「反動」，並揚言不加入全盟。這當然讓我很幻滅，原來公益組織未必都能理性溝通，我所處的依舊是個蠻荒叢林。

二〇〇〇年的愚人節當天，我完成博士口考，究竟要應徵大學教職？到一家新興的電子出版業冒險？還是繼續留在全盟？我還有些徬徨，不過一直堅守著執行祕書的崗位，但一個突如其來的決議讓瞿海源老師去職，我也憤而離職，回到學院，也開始我的報導文學寫作生涯。

老實講，我在全盟的工作一直面對協調不足的窘境。每週開協調委員會與各個工作分組會議，一群傑出的社造工作者，一直提不出具備整合性、有規模以及具體的合作計畫。焦急的我，從社區報輔導出發，跑現場，蒐集了一些在地、熱情與充滿創意的社區報，舉凡《921民報》、《中寮鄉親報》和《希望．埔里社區報》，都展現出生猛的草根力量。我在災區接觸到李文吉、鍾喬和廖嘉展幾位前輩，都來自《人間》雜誌，也願意一起努力為新的社區報體系奮鬥，讓人倍感溫暖。

記得當時我們透過網路平臺，蒐集與轉發社區報訊息，發行電子報，在邊緣發聲，電子報透過電子郵件發送，也引發了一些迴響。老神父馬天賜特別關心南投原住民部落重建的進度，囑咐我幫他訂電子報，一旦看到關心的題目，就打電話垂詢，遇到土石流的災情報導，還來辦公室關切，希望強化無線通訊設備，不讓部落失聯。

離開全盟，賦閒家中，每日翻開報紙，打開電視，偶然看見與災區有關的新聞，自己無力再協助，總是苦痛萬分，陷入巨大的悲傷情緒中。就在這個時刻，林黛嫚老師邀約我為新書《921文化祈福：在地的記憶．鄉土的見證》寫一篇報導，我開始構思究竟要揭露黑幕？還是該記錄溫情？

在我奔走災後建設的歷程中，處理過不少公關與新聞稿件，深知民間捐款得來不易，只要有一篇報導質疑善款使用不當，往往就會招致民眾對公益團體信任感的崩解。在大地震發生不到一年的時刻，所有救災體系都還是脆弱的，於是我決定放下心中諸般不滿，採訪《中寮鄉親報》的編輯團隊與中寮社區夥伴，寫下〈五個女子和一份報紙〉，見證一群來自臺中的女孩，無懼於天災與地方政治的冷漠，勇闖災區的傳奇。

暑假結束，我前往東華大學中文系報到。出發前，顏崑陽老師交代我準備開設「報導文學」，漫漫夏日，我閱讀中外的報導文學經典，臺灣山川大地的紀實故事都來到案頭，突然有種領悟：原來我以為遠離社區，其實教學與寫作讓我重返田野！

地震隔年，我開始進入了另一個社會現場，接手老前輩楊南郡開設過的

「報導文學」課程，帶著學生觀察花東縱谷社區的大小事。

在二十多年前，「報導文學」這門課在大學的中文系或新聞系中，都還相當罕見，缺乏讀本與教材。閱讀材料可以勤奮蒐集，就能充實課堂討論的文本，但在書寫的主題上，我和學生所缺乏的是生活、村落與社區的悲歡與離合。

在全盟的十個月中，經常聽見「蹲」這個字。資深的社區營造工作者，總覺得陪伴社區基本功夫就是蹲點，要能夠跨越社區與外界的疆界，更要與培力的夥伴長期互動，深深蹲下與鄉親相濡以沫，假以時日，未來才有可能共同開創出翻轉社區文化的局面。可是對大學教師來說，如何從象牙塔中走向山風海雨？如何翻過大學的圍牆，還能夠關注社區發展？我總覺得需要一些機緣，更需要一點傻勁。

進入東華的第一年，我受邀擔任校園報《記哈客》的指導老師，陪伴學生記者企畫新聞，討論線索，讓我有機會充實地方知識。二〇〇五年，我開始帶領「大專資訊志工」團隊同學，先後在水璉、壽豐、靜浦、北埔、志學、達蘭埠、光復與卓溪各個偏鄉蹲點與服務。這一群以「編輯採訪社」為主的同學，號召全校有熱血的大學生，帶動偏鄉孩子閱讀、寫作與攝影，一屆傳承一屆，投身社區資訊教育的工作，我們一起努力長達十一個年頭。他們以層出不窮的創意，帶領孩子們架設部落格，記錄社區的文史、生態與觀光資訊；或是利用簡易的數位設備，指導孩子們製作廣播節目或是紀錄短片，讓社區的故事在教育廣播電臺或是網路上流傳。這一段經驗讓我相信，青年時期的社區服務經驗，會是學生們一生的養分，更帶給我豐富的寫作題材。

同學四年就畢業一批，當我描述「深蹲」的意義給新生聽時，會看見自己蹲下的身影，有點傻憨，想起沈從文說過：「凡幫助人遠離患難，便是入火。」有一批青年陪我烤火，也就樂於堅持下去。就這樣陪伴布農族部落為時最長，協助出版八部合音的音樂繪本、協助規畫社區旅程、記錄獵人文化、建構族人的族譜、幫忙手工藝業者包裝設計等等，因此認識了更多朋友，也聽聞了更多好故事。

我經常看到西方的電影中出現一行字：「本片由真實故事改編。」許多報導文學經典拍成電影，引發社會關注，這引發我的好奇，何以國外的紀實書寫總能與小說媲美？而臺灣的作品總顯得綁手綁腳，缺少情節，人物形象也模糊？核心的問題就出在文學界總以新聞報導的準則評估「報導文學」，限制了寫作的可能性。

相形之下美國文學界的紀實文學寫作就精彩無比，如楚門．卡波提（Truman Capote）的《冷血》（*In Cold Blood*），或是蓋伊．塔尼斯（Gay Talese）的《王國與權力》（*The Kingdom and the Power*），他們的風格都趨近小說筆法，重視主人翁間的對話，進一步描述主角在新聞情境中的思想與感情，在跨界的書寫中，說出動人的真實故事。

有鑑於此，陳映真先生就曾比喻過「報導文學應當姓文不姓新」，無非希望未來的書寫更貼近文學一些。因此我在二〇一二年提出「鬆綁論」，呼籲寫手能甩開束縛，寫出別開生面的田野故事！

我的報導文學啟蒙老師是林元輝先生，他有篇相當前衛的書寫〈黑熊悲血滿霜天〉，就擺脫了散文與報導體式，以小說的筆法，擬人的角度寫北橫公路一帶，黑熊保育的問題，揭露了農人、獵人與黑熊搏鬥的血淚史。究其實際，作家只要有完善的採訪與考證，維持紀實的內涵，有何不可？

我展開的書寫，指導學生的寫作，都開始有了變化。固然，報導文學務必排除虛構，不像小說創作能出入虛構與紀實。但報導文學通過了書寫者的思索和文字的表現，應當可以向小說家借用刻畫人物、描寫環境以及渲染氣氛的手法，必要時也可對事實做適度的剪裁與取捨，以充分的採訪、查證與推論輔佐，在不背離真實的狀況下，為書寫鬆綁。

在當代的報導文學環境中，越來越多跨界的題材出現：司法改革、白色恐怖、環境保護、教育議題、老人照顧等等，怎麼寫？如何說？相信是一個不斷需要辯證的課題。許多新銳寫手以從人類學或口述歷史的角度為報導文學找到新觀點，而我希望從說故事的基礎為報導文學的書寫鬆綁，都必須跨越，也都必須面對衝擊。

剛開始教報導文學時，學生所提出的題目都是原住民書寫，要不然就是環保議題，理由無他，一九七〇年代得到報導文學獎的經典作品，十之八九都出自部落或公害現場。世界之大，難道沒有其他值得關心的題目？一九八〇年代英國的文化研究中，就有一系列的閱聽人研究以客廳為田野；中國大陸作家劉元舉的報導文學《中國家庭：鋼琴熱帶來的喜與悲》，也取材於客廳裡的音樂課，看來田野不見得一定遠在天邊，更可能近在咫尺。

我大學讀的是法律，也一直覺得臺灣的司法改革遭遇困難，很大的因素是法律過於專業，文書太過文言，以及司法改革訴求向來太理論化，缺乏好的故事，自然缺乏說服力。為了寫作〈焦炭能熔融黑金——霹靂女檢座俞秀端〉一文，我約訪了忙碌的主人翁，她允諾給我半個小時。

俞秀端出生在臺北縣雙溪鄉的礦工家庭，一九七五年罹患紅斑性狼瘡，國一就休學，陪父親賣菜，到工廠做工，沒有因為病痛而放棄她的理想，一九九五年先後通過多項高考與特考，出身貧困的她沒有選擇當律師，而是走向了檢察官的道路。

我原本以為會是很冰冷的一場對話，在詢問她成長歷程時，發現她與我同齡，國中休學二年。我很好奇，在讀北一女夜校時，誰鼓勵她讀法律系？俞秀端說：「是我的三民主義老師。」

當下我問：「是簡易老師嗎？」

「是啊！」

「我也是簡易老師鼓勵我讀法律的！她也是我的三民主義老師！」

她立即露出不可置信的表情，以為我也畢業於北一女？我趕緊解釋：「簡易老師原本在我就讀的辭修高中任教，我高三那年她轉往北一女。」

因為我們有共同的恩師，有不少回憶是交集的，我的法律訓練也能貼近她的實務經驗，加上我關心她來自工人家庭的悲哀，她願意侃侃而談，在又哭又笑的溫馨對話中，不知不覺我們談了一個半小時，也讓我寫下了一位敢於對抗黑金勢力的正直檢察官。

與陌生人物的碰撞，打破心靈的藩籬，記錄傳奇的故事，都是我難忘的田野經驗。

這些年我觀察到臺灣報導文學越來越走向專題著作的趨勢，單一主題成書，不再是單一作者的各色短篇結集，因此如何聚焦在一個讀者有興趣？作家感受到書寫熱情的主題？確實需要絞盡腦汁，我也在課堂上鼓勵同學書寫消防員、山難、故鄉的飲食或是社區的歷史，期待與同學一起蹲在社區中，以說故事的筆法，經年累月以報導文學記錄人生現場。

街角遇見王禎和：以編輯課建構文學走讀

二〇一四年夏暮，接到鄭恒雄教授的電話，告知知名小說家王禎和有一批藏書，中西文共約一千多冊。涵蓋了臺灣文學、臺灣民俗、比較文學與電影等不同主題，對研究王禎和創作、花蓮文學、臺灣小說等題目，彌足珍貴。王夫人林碧燕女士願意捐贈給東華大學圖書館，讓這些珍貴的資料嘉惠東華師生。

收到鄭恒雄教授的電話後，心情自然有些激動，王禎和藏書如能回到花蓮故土，真是一件別具意義的文學大事。多次和圖書館黃振榮主任與呂俊慧組長商量與討論，我立刻在開學後發起一個連署活動，徵得許多校內同仁的支持，於圖書館設置「王禎和文庫」的案子送進行政會議，也獲得校方支持。

「王禎和文庫」於十一月成立後，在準備二〇一五年春季「編輯與出版實務」課程時，想讓學生做中學，編採出一本書，為王禎和打造一座紙上「故居」，讓王禎和帶著讀者走讀花蓮。於是我和班上同學約定以「王禎和文學地圖」為題，設計一本文學走讀的導覽手冊。

選修編輯課的同學來自華文文學系、觀光暨休閒遊憩學系、中國文學系、教育行政學系、歷史系，其中有三位來自大連的交換生，一位香港僑生，和一位馬來西亞僑生。他們共同的特點就是希望能培養出編輯工作的實戰能力，但對王禎和的作品相當陌生。當我提出「王禎和文學地圖」的編輯想像時，縱使說得口沫橫飛，還拿出張愛玲與王禎和在花蓮的合照，說明王禎和有其不可磨滅的小說大師地位，現場相當「冷靜」，大夥乖乖分組，準備交一份作業。

第一個大型作業是全班分成六組，從王禎和的所有作品中，找出與花蓮有關的地景資料，摘出原文，並在Google Map上標註。經過幾個禮拜的探索調查，有三個小組找出四十個到六十個不等的地景，證明了王禎和的說法：

「我覺得一個作家應該寫他最熟悉的東西，只有這樣，他的作品才會有生命、有感情，才會使讀者有親切感，產生共鳴感。」記得還有同學去考證了老店鋪是否真的存在，透過田調，發現店名是虛構的，但老城區真有這樣的行業與店家。從同學開始較真的態度上，我感覺這會是一本自有佳趣妙意的書。

接著我請同學估價、企畫與提出文創的構想，一本書的血肉，原來如此昂貴！這是同學在課堂一邊敲計算機，一邊改預算表，不斷發出的感嘆。雖然預算有限，但沒有限制年輕人的狂想，他們認為一本書的發行應當要有贈品，像是明信片、大富翁、景點印章、抽獎的回函等等。我苦笑問大家：「等你們課程都結束了，難道我要幫你們回信給讀者？還要幫你們派獎品？」熱情的學生們一點都不理會我，還在七嘴八舌討論要如何行銷「王禎和文學地圖」。

最刺激的是四月十五日的企畫大ＰＫ，各組要提出這本書的架構、章節、內文調性與行銷企畫。一直到報告前，還有同學在修改企畫書，不少人都熬了幾天幾夜。作為老師，真想讓每一組都實現自己的夢想，編寫出一本不一樣的導覽手冊。但畢竟資源與時間有限，最後只能選出孫騰南、宋雨楠、鍾萍佳、賴冠翔這個小組的企畫，透過整合王禎和作品，分為四條路線：一是精讀《寂寞紅》與《人生歌王》的「寂寞在唱歌」；二是梳理《美人圖》、《香格里拉》、《素蘭要出嫁》、《來春姨悲秋》的「香格里拉的婚禮」；三是整合《伊會念咒》與《兩地相思》的「聲聲惆悵」；四是以《玫瑰玫瑰我愛你》為主的「玫瑰之淚」。

寫作、邀稿與攝影的功課，突然變得鬥趣爭勝，兼有團隊合作，不用我催促，同學組成臉書社群，交換情報，組團去踏查，穿越時空，從王禎和的年代來到現代；但這還不夠，歷史系的有勝很貼心地拜訪了文史專家葉柏強先生，葉先生慷慨提供了一批老照片，讓本書在地景的對照上，更有跡可尋。

待編輯企畫的輪廓清晰後，我寫信給王夫人，報告目前的進度的想法。很快就越洋收到她的回信，其中說道：「一早起來，喜獲回音。繼而讀之，深受主任、教授、老師以及青年學子的熱心感動，涕淚縱橫。萬萬沒想到，東華竟然給予禎和如此厚愛！青年學子竟然這般有創意！我們家屬除了十二萬分的感激外，祝福此次活動圓滿成功！」我把信件讀給班上的同學聽，同學眼睛都閃閃發光。

在確認文稿的同時，我們也挑選了五個句子，製作明信片。同學們還熱心發起邀約，請到白先勇、葉步榮、王文興、王德威、蔡裕源、林建山、范文、吳冠宏等諸位師長，寫明信片給王禎和。內文情真意切，圖書館後來放大成海報，懸掛起來，成為讀者流連、沉湎與懷想的一道文學風景。

這是我在大學教學以來，最為忙碌的一學期，也是最感動的一堂課。學生對王禎和從陌生到熟悉，王禎和又透過文字回到縱谷中，我不禁想起《尤利西斯》中的一句話：「離開一輩子後，他又回到了自己出生的那片土地上。從小到大，他一直是那個地方的目擊者。」就讓我們在王禎和的導遊下，踩踏出花蓮的無聲之歌。

跨山越海作公益，人文知識的轉譯

臺師大文學院從二〇一三年開始，提出「跨山越海」的創意，希望結合「畢業旅行」與「成年禮」，邀請應屆畢業學生壯遊臺灣，藉由划獨木舟、泛舟和登山等冒險犯難活動，讓青年學子挑戰自我極限，體驗山與海的美好，也更親近土地、人文、生態與歷史，讓冒險成為一生的養分。但遭逢疫情，近兩年難以舉辦大型活動，改為「壯遊出行」，卻反應平平，面臨轉型的挑戰。

二〇二一年秋天開學後，陳秋蘭院長召集了英語學系陳純音主任和我，一起討論如何激勵同學參與，大家也不免困惑：為何學生可以得到補助去旅遊，卻興趣缺缺？又該如何促進青年學子願意到臺灣各地去探索？

經過一番腦力激盪，我們決定逆向思考，提出了「跨山越海．感動出行」的企畫，保留原本的「壯遊出行組」，維持以人文知識為核心，歡迎同學提出壯遊的旅程，途中記錄下文化觀光導覽資訊，並製作一部推薦在地文化的微電影；同時新增「社參拓印組」，廣邀文學院學生自組團隊，結合人文知識服務社區，從執行過程中探索自我價值，培養多元能力。兩組所設定的補助經費並沒有差距，而具體的社會參與提案，先詢問宜蘭與花蓮的社區與非營利組織團隊，依照在地的需求，由同學回應與規畫。

宜蘭花蓮數位機會中心專案經理張惠茹長期推動「旅行志工」計畫，很歡迎大學生投身社區服務，於是聯繫了各個社區，提出許多人文知識轉譯的方案，也透過說明會向同學介紹。讓人意外的是，加入公益服務的元素，二〇二一年的報名組別激增，多達二十七件。「社參拓印組」並沒有更多的預算，但報名的組別也有七組之多，讓人印象深刻的是：同學們都挖空心思從自身所學，回應偏鄉所需，讓評審很難割捨。

新世代難道不是刻板印象所說的「享樂世代」？而是更追求意義與公益的一代？行銷學大師菲利普．科特勒（Philip Kotler）在《行銷5.0》

（*Marketing 5.0: Technology for Humanity*）一書中，就特別指出，隨著Z世代（出生於一九九七年至二〇〇九年間）和α世代（出生於二〇一〇年以後）的崛起，世界正發生巨大的轉變，新世代主要關注如何以科技造福人類，可以從兩個面向展開，一是希望帶給全人類正向的改變、提升大眾的生活品質；二是推動人類的科技進步，創造更包容的社會。

經過一個夏天的走踏與服務，同學們所回報的心得以及拍攝的影片，都讓人無比感動。首獎作品由地理系陳易欣與人發系趙若谷、楊品捷、黃沛晴、李知穎等同學組成團隊，遠赴一九三線道旁的阿美族貓空部落，記錄正在復興部落觀光文化的苧麻撚線、輪傘草編織與糯米釀等傳統技藝，品嚐部落風味小吃和小米酒，並協助以照片與影片，充實部落原有「聖山下的部落」的臉書與ＩＧ專頁。生動活潑影片背後，組員更深入盤點社區文化、人力與景觀等，發現了社區中從耆老到返鄉青年不但有強烈傳承文化的意念，也善於利用數位科技行銷部落觀光，逐步開展出有質樸與天然美感的社區商品。陳易欣說：「很感動於族人是多麼努力在合作，希望可以將他們心目中珍惜的傳統智慧傳承下去。」由於熱情召喚出熱情，在資源極其有限的狀況下，旅行志工也貢獻出精彩的微電影，更期待未來有更多名人參與，為部落代言，吸引更多觀光客到此一遊。

「前進長濱！尋訪臺灣島上最難到達的書店！」這一組同學走得更遠，到達臺東海岸的長濱鄉。成員包括國文系婁儷嘉與歷史系陳冠恩、杜舜雯、鄭育潔等四位同學。她們留心到「#1111獨立書店歇業潮」事件，發下宏願致力報導美好的鄉鎮書店，扭轉閱讀風氣下滑的頹勢。她們千辛萬苦到了長濱「書粥」書店，與打工換宿的店長Karan交換了經營書店的經驗，更激發起探訪創辦人高耀威的好奇心，一行人還轉而遠赴臺南，以podcast的形式訪問，向高耀威請教青年從事公益行動的迷惑：「實踐與行動真的能夠改變環境？」高耀威提醒：「知道自己要做什麼、想做什麼才是最重要的，以行動為重，盡量參與、融入社群，試著為彼此的生命添上不一樣的色彩最重要。」改變社會不可能立竿見影，體會彼此的付出，感謝他人的給予，應當才是社區服務最動人的一面。

「佇足大洲，筆耕三星」是一個十足有文學創作意涵的志工計畫，由國文系許桐瑋、華文系李旻珊與表藝所黃筠雅等三位同學，和「還想試試工作室」進行討論後，由三位青年作者為三星鄉的觀光景點寫下詩篇，主題有安農溪、鴨農、林鐵車站、柑仔店人物等，未來將應用於文化觀光的互動遊戲或活動中。黃筠雅說：「我發現這五天來心靈很滿足，獲得了平靜，腳步慢了下來，看見的、感受到的事物與情感更豐富了。」他們深入踏查寫下的作品，誠摯動人，獲得三星數位機會中心的喜愛，目前正在徵集插畫高手配圖，很快就會加值在三星鄉的觀光推動上，也因此得到許多來自在地民眾的迴響，以極高票數得到本屆活動的最佳人氣獎。

回顧這次不一樣的「跨山越海」，因為「社參拓印」的成員加入，讓我們重新認識Z世代和α世代的價值觀，相信如同菲利普．科特勒提醒的，將以人為本與科技賦權的價值結合，是面對未來世界的重要參考座標。相信未來一定能吸引更多社區提出具有人文知識轉譯價值的需求，也能召喚新世代投身，在旅行中找回單純的自我，也把所學貢獻給臺灣迷人的土地。

輯五／創新與探索

導入跨領域的知識，自主學習的態度，
解讀圖表的能力，觀察敘事細節的方法，找到人際溝通的祕訣，
這些無一不是源自於文學語文教育的核心目標，
讓學生能夠應用到學習、生活與職業生涯上，更有效地與他人溝通，
並且能運用文字與修辭創作出具有說服力與感動力的作品。

堅定的國文教育改革家

駱靜如老師接獲北一女校長的任命，在二〇〇五年開始擔任高中國文學科中心執行祕書，原本只是一個因應新課綱施行，推廣宣導的教育訓練機構，可是她長年擔任國文老師不免覺得，面對選修課、跨領域、差異化教學等新興理念的衝擊，如果培訓課程結束後，老師們就星散了，不是太可惜了？有沒有一個模式可以讓國文教學的改革深入各校？

駱靜如與資源小組的研發成員一起討論，希望建構一套教師培訓流程：第一階段，請各校推薦曾開發特色教案的老師，參與為期三天的「種子教師培訓營」，嚴格要求一定要接受完整的培訓課程，才能取得種子教師的初階資格。第二階段，結業後的老師回到教學現場，依照當年度的主題設計教案，教學實踐與評估，一學期後發表教案與成果。第三階段，從傑出成員中擇優進入各區域教學專業人才庫，儲備教師專業成長研習的講師，推動年度特色主題的教案與觀念宣講，進軍各縣市的高中。事實上，參加過第一階段培訓營的夥伴都笑稱是「魔鬼營」，白天要上課，晚間有教案設計與報告，第三天還要提出上臺實作成果簡報。不過每年從培訓營結業，同時完成一學期的教案開發與評鑑的老師，經常都超過九成五以上，充分顯示出願意接受挑戰的高中國文老師所在多有，意志力也都讓人佩服。

面對跨領域教學以及開設選修課的挑戰，從二〇〇九年開始啟動的種子教師培訓營就希望老師們研發的教案也以區域文學、小說選讀以及文學詮釋與教學等主題的選修課設計，進行研發。原本培訓營都以資深的高中國文老師為班底，為了深化培訓的內容，二〇一〇年在高雄的培訓營隊中，開始邀約大學老師進入課堂，我也就在當年認識了情理平正與心思細密的駱靜如老師。

營隊結束後，二〇一一年底，駱老師一通電話，邀我參與規畫國文學科中心第四屆種子教師培訓營的主題，擔任輔導教授，我抱著學習的心態答應了，也提出跨領域的思考，導入邏輯思辨與田野調查，以「思辨與語文表達」為題目，帶領一群熱心教育改革的國文老師遠赴芳苑，在國光石化停辦爭議後，走進波瀾不興的現場，傾聽在地人依舊存在環保與開發對立的各種論點。從活動設計的過程中，我發現駱靜如老師有很深厚的土地情感，也堅信國文教學的革新應當更走進臺灣的角落。

記得當時國光石化開發案已經塵埃落定，確定不開發了。設廠計畫停下了以後，高中國文老師到了芳苑海邊，看到西部海濱地區民眾非常貧困，幾乎沒有產業，在村落中剝蚵仔的阿嬤說：「孩子必須騎著機車，到很遠的麥寮去工作。」推動環保運動的社區工作者，則開心宣示保存了一塊淨土！種種不同的說法與聲音採集，搭配辯論活動，讓老師代表經濟部、環保人士和村民，引經據典來重新攻防，確實打造出一門有火花的文學課，也引發許多不一樣的思辨題目在教學現場。

記得半年後的教案分享，馬公高中的林麗芬老師就以〈鴻門宴〉為基礎，討論項羽的抉擇，請學生轉為直面在地公共事務的選擇上，要考量哪些不同的面向？原本馬公高中的同學對國文課並不太熱忱，林麗芬老師就讓學生在課堂上辯論大倉嶼是否該設立「媽祖文化園區」開發計畫？學生就扮演不同立場，把教室化身為call in節目，引用課文的知識，加上時事資料，進行辯論，引起師生很大的迴響。有趣的是，岔出到現實生活的思考與辯論，沒有耽誤功課，反而讓學生更有學習動力，國文成績也就相對提升。駱靜如感動之餘，也更清楚有一群力求改變的老師，不願意墨守成規，不斷實驗新教學方法，確實呈現出活力，改變了課堂的互動模式，也沒讓家長和學生失望，大考也有亮眼的成績。

駱靜如老師同時也是一位堅定的國文教育改革家，她不斷思索導入新的議題，希望帶動更多有活力的教學形式。在她勸說下，我一直協助企畫辦理種子教師培訓活動，我也相信國文教育改革的重點不在於教科書選文，而是教師是否「生命在其中」？以及教師能否有跨領域的能量開拓生動的課堂教學？於是我和大批極其優秀的高中老師，一起合作備課，一起跨國研討（每兩年還辦研討會），逐年從讀寫故事、報導文學口述史與書寫、抒情傳統與文學教育，一轉眼又合作了四個年度。

過去很長一段時間，小說的教學並沒有進入高中國文課堂，在柯慶明教授的堅持下，課綱中納入了現代小說，也改變了教學的內容。我們所設計的讀寫故事主題，不僅希望讓老師們更善於解讀小說，更期待老師們願意說自己的故事，打破師生的隔閡。在種子教師培訓營的成果分享中，每一組的老師都從生活中提煉了自身的故事，我印象比較深的是一組老師演出一齣短劇，女主角扮演一位私立高中老師，必須單薪雙工，要教書也還要應對家務，在少子化的教育環境中，懷孕的老師甚至要加班訪視與招生，公婆完全不諒解，痛苦的女老師在夜晚返家的路上落淚了，不少臺下的老師也感同身受，頻頻拭淚。

在紀實文學的教學與創作的培訓營中，也開拓了寫作教學的新面向，老師們先參與一場社區代表出席的記者會，其後實地採訪了鳳林鎮的小農、社造工作者和文創產業。認識在地夥伴誠懇耕作以及開發植物染織品，同時以文創的方式，讓大眾更接受他們的產品，展現出鄉土與生命的熱情。藉由採訪與書寫的實際體會，讓老師們更敢於設計文學走讀、區域文學、旅行文學或報導文學等不同主題的課程，也讓國文老師更敞開心扉於與地理、公民、歷史科的老師共同開發選修課。

駱靜如老師退休前所規畫的培訓主題是「抒情傳統與文學教育」，回到古典文學以詩為傳統的底蘊中，重新省思古典文學批評的特質，也進一步開展現代文學抒情性的詮釋方法。這就是駱靜如老師開放的特質：重文本，也重批評；重理論，也重實踐。她默默的、不辭辛勞在臺灣各地奔走，用她縝密的行政能力，以一己之力在國文學科中心播種育苗，培育了數以百計的種子教師，創造出無數精彩的課程與教案。駱靜如老師身影雖小，卻是教育改革路上的大巨人。

國文素養與跨領域教學的破與立

為了因應新課綱的推陳出新，教育部設立的國文學科中心，希望透過一系列的營隊與研習，能夠讓老師們因應跨領域教學以及開設選修課的挑戰。二〇二〇年底，十五年有成，學科中心十五週年成果展中辦理一場研討會，會中我有機會和四組老師交流，就像是上了四堂嶄新的文學課，得到了無比的感動。

第一門課：當現代詩遇上數學

在一〇八課綱頒布後，高中國語文教學上面臨巨大的衝擊，其中跨領域的挑戰，開拓了教學的各種可能，也擴大了不同文本的導入。在本次研討會中，由北一女中陳麗明老師所提出〈探究數學詩的多重節奏〉就是應用跨領域文本的最佳示範。

詩人曹開曾遭受白色恐怖，在獄中寫下一系列的「數學詩」，要能解讀其中真義，勢必先理解詩人動用數學原理的邏輯與隱喻，不過數學乃是不證自明之理，相形之下，詩則是充滿感悟抒情，有待讀者詮釋與分析的文本，如何平衡兩端？相當考驗師生。

以數學詩為題，最重要的教學意義莫過於期待學生以「自主探究能力」，特別是數理能力好的同學，應當能以數學的知識參與文本解讀。當同學能夠初步解釋詩人呈現數學公式的表面意義，陳麗明老師示範了如何詮釋「詩言志」的部分，為同學闡釋詩人抒情興發的作用，從譬喻與意象的轉化，講解出一位政治犯所意欲表達的興觀群怨，帶給學子巨大的心靈震動。

第二門課：當國文試題中出現圖表

臺南女中張珮娟與北一女中梁淑玲兩位老師提出的〈從圖表學思辨與表達——來自大考國文試題的教學啟示〉一文，則是面對圖像化時代的來到，如何「善用科技——資訊與各類媒體所提供的素材，進行閱讀思考，整合資訊，激發省思及批判媒體倫理與社會議題的能力。」也成為國文老師遭遇的另一道難關。

學生在面對各式各樣的統計圖表或漫畫時，往往只能解讀出表面的意涵，要進一步深度發掘其中的寓意，或是整合多個圖表，彙整出完善的訊息，經常也頭疼不已。張珮娟老師強調，以圖表或圖像為起點，適當地進行訊息檢索、發散聯想與收斂思辨，並能精準地闡述表達，是她希望帶進國文教學課堂中的新元素。

面對大學入學考試國文試卷中，越來越多情境入題的圖表測驗，兩位老師開設「圖表不含糊——大考試題妙錦囊」的微課程，利用八堂課的時間，開展兩個系列課程，分別為：「智慧妙錦囊」與「關鍵超解碼」。前者從測驗題入手，以閱讀理解策略為基礎，引導學生善用圖表的視覺化特質，讀清楚題目，分析歸納欄列資訊，認識主視覺的意涵，建立圖表試題意涵；後者則聚焦於寫作題，摘要出圖表的重點，設定意義的攻防，加入議論表達與想像建構的鷹架，希望能建構出圖表寫作題模組。兩位老師發展出：「讀題目

↓找欄列↓主視覺↓摘重點／設攻防↓說清楚」的口訣，對於擴展學生的詮釋與分析，確實很有幫助。不但讓同學理解「一張圖表勝過千言萬語」的道理，也更能深度分析圖表背後的故事，事理與哲思。

第三門課：當文化經典遇上講理

新課綱推動後，師生不僅要會看圖表說故事，如果能運用文化經典的寓言故事人際溝通，說理與協商，絕對會是「符號運用與溝通表達」上的重要能力，如果可以「運用國語文表達自我的經驗、理念與情意，並學會從他人的角度思考問題，尋求共識，具備與他人有效溝通與協商的能力。」相信國文課會變得更生動與實用。

由西松高中蒲基維與北一女中徐千惠兩位老師提出的〈從文化經典學習藉事入理的表達技巧〉則希望把小說教學框架，導入過去不重視說故事的高中課堂中。蒲基維強調，以文化經典中的寓言為對象，提出「藉事入理」的法則，希望提高同學理解事理的能力，更重要的是期待學生未來寫作時，能夠達到課綱所期待「掌握文本寓意後，進而能從生活經驗取材，也試著設例說理。」可見這是一堂同時提升學生閱讀與表達能力的國文課，有其深刻的意義。

我很喜歡兩位老師將寓言轉換到寫作上的努力，讓同學也能舉一反三以寓言說理，雖然多數同學還不理解「舉證」與「諷刺」，經常會把「寓言」連結到「童話」，沒有辦法提出適當的例證，相信一旦導入時事的議題，再讓學生發展寓言，應當能讓高中生也掌控生花妙筆，藉事以說理服人。

第四門課：當散文教學更重視敘述的細節

過去的國文課較不重視敘事學的分析，小說與報導文學也是近年才登堂入室，成為國文老師教授的文類。因此竹東高中詹敏佳與平鎮高中陳玉嘉老師則以〈從【項脊軒志】學習細節描寫的表達技巧〉一文，希望從細節描寫入手，為學生打好敘述類文學中的鑑賞與寫作基礎，這確實是一個長期遭到忽略的教學議題，這本教案相當有參考價值，反映了新課綱中期待師生「理解文本內涵，認識文學表現技法，進行實際創作」的素養導向。

歸有光的〈項脊軒志〉是一篇情意動人的散文，雖有相當多環境的細節描寫，但在人物與情感的描寫上，相當簡略，也保有傳統抒情寫作的手法，確實透過「細節描寫」的觀察，能讓學生從敘事的豐美上得到感動。

從四堂嶄新的國文課堂上，可以發現高中國文老師與時俱進的努力，也展現出國文學科中心在一〇八課綱實施後「破」的力量，提出了革新的新課程，特別是導入跨領域的知識，自主學習的態度，解讀圖表的能力，觀察敘事細節的方法，找到人際溝通的祕訣，這些無一不是源自於文學語文教育的核心目標，讓學生能夠應用到學習、生活與職業生涯上，更有效地與他人溝通，並且能運用文字與修辭創作出具有說服力與感動力的作品。

值得深思的是，國語文的核心素養還是應當「立」在經典的作品之上，太重視西方的敘事理論，有時不免忽略了傳統小說中白描、餘韻、從容的特質，同時能導入更多當代的例證，找到貼切的應用例證，應當更能加強學生對語文作品的感受，也帶來更真切人際溝通的情境，以及創作的動機。

以讀劇工具箱作為文學敲門磚

在所有的文學概論課上，談到文類時，都會將詩歌、小說、戲劇與散文並列為「基本文類」。考察現代文學史，在西潮東渡的過程中，《新青年》在五四運動前就曾展開過「舊劇評議」，藉由批評傳統戲劇的保守，建立嶄新的戲劇觀，希望戲劇能成為傳播思想、組織社會與改善人生的工具，因此透過翻譯劇本，引進現實主義話劇，就成為文學革命重要的一個環節。

不過在臺灣的文學教育改革中，戲劇文學始終是遭到遺忘與忽略的「邊緣人」。雖然在一〇八課綱中，希望中年級的小學生「聽懂適合程度的詩歌、戲劇，並說出聆聽內容的要點。」在教科書的篇章中，小學高年級應當納入「兒童劇」，在國中與高中時，現代文學的篇目中宜納入劇本。只要爬梳目前市面上的國中與高中國文課本，劇本幾乎都渺無蹤跡。翰林出版社是唯一重視劇本者，在國中第六冊有莎士比亞的《羅密歐與茱麗葉》、普通高中國文第五冊收錄《威尼斯商人》，技術高中國文第六冊中編選了易卜生的《玩偶之家》。另一個鳳毛麟角的例證則出現在龍騰出版社，技術高中國文第六冊課本中的「自學篇目」節選了高行健的《山海經傳》。

戲劇不受重視，也可從收錄有劇本教科書都放在最後一冊（目前普通高中只上五個學期），顯然不想打擾學生的學習？而且多為翻譯的外國劇本，當代臺灣戲劇創作的缺席，是目前中學文學課堂上的缺陷。

二〇一六年春天我為高中國文學科中心規畫種子教師培訓時，就以「戲劇與國文教學」為主題，特別請到東華大學華文系許子漢教授一同規畫，他是秋野芒劇團的創辦人。在大學堅持現代戲劇教育的他，每一屆學生的熱情與專注度不同，長年累月的冷暖交替，總會讓他感到沉甸甸的失落。但是許子漢是個實心人，對劇場真是性命相知，他轉念成立業餘劇團，專注為偏鄉的孩子粉墨登場。到二〇二三年底，秋野芒劇團在花蓮與全省偏鄉為國小學童演出已超過四百場，累計演出里程約三萬六千公里，他身上燃燒的戲劇魂，確實感染了參與的高中老師。

培訓中，不少老師說，他們有志於戲劇創作與表演，但是多半受到漠視，有著不少委曲。因為戲劇長期不在國文教學的系統中，老師無從帶動中學生賞讀劇本、創作劇本、讀劇，要正式演出舞臺劇更是難如登天。最為無奈的是，戲劇卻是最受學子歡迎的文學課，在缺乏舞臺劇本創作與表演的指導下，中學課堂上文學作品改編的短劇，學生僅能憑藉著影視劇的收視經驗，多半都是搞笑、嬉鬧與惡趣的演出，經典戲劇中對現實的批判、理想的追求、人性的關注和靈魂的拷問，幾乎無緣接近臺灣的青年。

培訓課程前，在子漢老師帶領的讀書會與籌備會中，我們擬定了一個系列從戲劇史、古典戲曲、戲劇創作與改編、讀劇、排練與演出的課程，三天的活動，讓老師們辛苦地走完與體驗真實的演出任務。其中戲劇演出的題目，我們刻意限制在國文教材的文本中，同時提供一個改編的主題框架，讓現實故事的敍事中，承載、應用與轉化經典文本的意涵。例如：〈范進中舉〉與考試這個怪獸；〈蘭亭集序〉與同學會中酒後的心聲；〈虬髯客傳〉與愛情的迷惑等等。五組老師提出的劇本創作，都能以「創造性的背叛」精神改編與創新，把在教學現場的艱辛，人生的體悟，都慷慨地與觀眾分享。

種子教師帶回新點子，歷經了半年，在各高中推動戲劇教學實驗，二〇一六年秋天的成果發表，有將近六十位種子教師提出了教案。有老師從基礎的小說和戲劇敍事的框架入手，設計出整套的加深加廣課程，讓中學生成為說故事高手。有老師從戲劇的編寫角度入手，帶動孩子思考編劇與劇作家的基本思考有哪些要點。有老師利用讀劇的形式，讓當代作家與蘇軾對話，滾動式的改編方式，兼顧了文字的深度，也容許孩子小小顛覆。有老師設計了廣播劇、ＭＶ、廣告編劇與舞臺劇的系列課程，生動帶動孩子從實作中，領略戲劇的滋味。讓人莫名感動的是，課堂因此活起來了：原本娃娃音的女同學，可以演出老嫗；原本聽到中國哲學就無言的高職生，竟然可以利用關鍵字的引導，把濠梁之辯寫成歌曲，製作成ＭＶ；原本就喜愛小說與戲劇的同學，更因為讀劇與表演的訓練，沒聽到下課鐘響。

種子培訓結束後，二〇一九年實施新課綱，原本期待看見有更多劇本進入課堂，不料事與願違，不同版本絕大多數的國文教科書中，劇本依舊沒來報到，於是我起心動念想為有限的課文選讀劇本，製作「讀劇工具箱」影片，先挑選一則戲劇的課文，以影片教學讓讀劇可以大步邁向課堂。

選擇以「讀劇」作為教學活動，是因為在升學壓力下，要動員全班排演戲劇，在臺灣恐怕有些困難。讀劇的形式比較簡單，一般是導演與演員針對劇本文本，進行詮釋、互動與協調的工作流程。在講求探究學習的今日，讀劇可以讓老師與學生一同閱讀戲劇文本、理解歸納、整合表達與深度討論，經過相互切磋與說服，最終以讀劇的表演形式呈現戲劇的藝術。

臺師大的「讀劇工具箱」以易卜生的《玩偶之家》為主題，邀請相聲瓦舍藝術總監馮翊綱介紹〈我們一起學讀劇〉，帶領學生進入讀劇的殿堂，也提供了操作的細節與步驟。在文本的閱讀與教學上，請到時任臺師大文學院院長陳秋蘭主講〈認識易卜生〉，由我負責談〈娜拉熱在吵什麼：《玩偶之家》對華文文學的衝擊〉，以及師鐸獎得主易理玉講解〈成為一個有思想的人：〈玩偶之家〉素養教學的應用與延伸〉，讓學生在演出前，能理解易卜生批判社會的意志，啟蒙讀者能夠珍惜自身的個性，勇於挑戰時代的封閉。

「讀劇工具箱」還特別邀請「On Stage 表演藝術工作坊」團長張文易與副團長王識安，示範《玩偶之家》第三幕選段讀劇演出。兩位演出經驗豐富的演員，事前經歷了細密的討論與溝通，特別將原本劇本中較為「書面語」的臺詞，調整為比較口語的形式。負責製作的孫昱文挑起朗讀舞臺指示的工作，以正式演出的格式，兩位演員手拿著劇本，配上簡單的音樂與燈光，由演員以聲音詮釋角色對白。飾演娜拉的張文易讀來動情，感受到女主角所遭受的誤解與壓力，眼角還泛著淚，讓人感動。

期待「讀劇工具箱」作為敲門磚，通過YouTube的公益播出，讓戲劇從邊緣回到中心，期待青春滿溢的高中生能在舞臺上演出，臺下的同學能感受文本裡的風景，那將是何等繁華的文學課。

【心動聽】

讀劇工具箱
須文蔚老師的文學課

【心動聽】

讀劇工具箱
易理玉老師的文學課

【心動聽】

讀劇工具箱
馮翊綱老師的文學課

【心動聽】

讀劇工具箱
《玩偶之家》讀劇演出

【心動聽】

讀劇工具箱
陳秋蘭老師的文學課

「Young文學——國文起手式」的公益教育思維

在二〇一八年底，簡靜惠老師希望寫洪建全基金會五十週年專書，詢問我是否有意願協助編採？熱衷紀實文學書寫的我，自然雀躍不已。

其後兩年來，簡老師先寫好一個章節的草稿，我和曾文娟總編輯聆聽她細說，就這麼綱舉目張，記憶是一道浮流，從她童年的中和、和敏隆先生相遇的日本、打開視野的美國留學生涯、返臺進入家族企業的惶恐、承接基金會的承擔，以及各項創意與人文關懷，她鋪陳出自身的故事，從播種者到成為植樹者與造林者，也成就了以她的生命故事貫穿的《植栽一座文化森林》一書。

《植栽一座文化森林》的書寫過程中，簡老師以無比虔敬與謙虛的態度回顧過往的足跡，展現出她在不同時代中的人文關懷：辦理《書評書目》雜誌、推動兒童文學、創辦視聽圖書館、支持民歌採集與校園民歌、贊助雲門舞集和音樂創作、建構文經學苑促進人文與企業發展、導入素直友會與讀書會，以及打造敏隆講堂等。或許很多環節都來自於她的日常，但實則都為當時「文化沙漠」般的臺灣，以植栽森林的大工程，讓樹木根著大地，泥土不再流失，一方人文、歷史與企業經營哲學的水土得以獲得滋養，半世紀後郁郁青青蔚然成林。書籍快要告一段落時，簡老師提出了一個大哉問：「基金會如果要繼續開辦人文講座，希望吸引青年人聽講，有沒有新的構想？」

我和文娟提出製播一系列公益線上課程「Young文學——國文起手式」，希望給中學生青春與美好的國文課，結合熱血的大學教師，以及知名的高中國文老師，錄製一系列講座，免費讓中學生提升文學素養。簡靜惠老師敏銳地體會到新冠肺炎衝擊下，人文知識推動越來越傾向非接觸的網路演講，也期待更多新生代能進入人文世界，就慨然支持了這個嶄新的線上公益文學課程。

這一系列的文學課有核心的理念，在漢語的傳統中，「文」指的是文學，是人文，是語文，更是文化。因此「國文起手式」中應當包括：真實關照、美學欣賞、善念生成以及創意書寫。特別在一〇八課綱施行後，充實文學素養有助於青少年學會應對進退，體察人情世故，理解美感藝術，具有人文關懷，更能穩健面對升學的挑戰。

在八個單元的課程中，我們邀約到徐國能講古典詩詞、胡衍南講古典小說、郝譽翔講現代小說、馮翊綱教戲劇、易理玉談論語孟子、陳美桂講古典散文、顏訥指導散文寫作，以及由我講授準備面試與學習歷程檔案。最感動的莫過於如此繁重的教學負擔，一通電話，所有的老師都一口答應了。

徐國能負責的是「來讀古典詩詞」單元，他為青年介紹古典詩詞在現代生活的影響，與生命連結的關係。徐國能以散文家善於觀察與生活體驗的角度，現身說法，讓古典詩詞走入生活，分享了一系列他最喜愛的作品，以及這些作品給他生命的啟發。

胡衍南則表示，很高興可以參與「Young文學－國文起手式」，對於一個大學教授來講，這是他的夢想，可以參與高中端的國文教學以及學習。他所負責的是「進擊古典小說」單元，胡衍南強調：「我一直想要傳遞出一個想法，小說沒有你想的那麼簡單，只是聽聽故事說說故事而已，讀小說是要有方法的，是要有態度的，讀小說是要帶著問題意識的。」他希望透過課程，讓學生愛上古典小說，在沉迷動漫與古裝劇之餘，也能捧起書本。

學者小說家郝譽翔的六堂課是「你應該知道的現代小說」，在中學的課堂上，老師經常對學生說，現代小說自己看就好了！她笑著質疑：「小說哪有這麼簡單呢？」畢竟每一篇小說都代表著作者的人格跟思想，也反映了他所身處的時代，乃至於更大的社會歷史背景。跟著郝譽翔的講解，學生可以從現代小說的起源，到中文現代小說的誕生、白話文運動到臺灣小說文學的興起，有體系地理解日治時代的寫實主義，到戰後的現代主義，一舉認識經典作家如賴和、楊逵、白先勇到王文興，解讀他們經典作品背後的微言大義。

北一女退休的陳美桂老師以「古典散文的思想靈光」為題，她說，古典散文傳達的是一種文字的溫度與魅力，無論敘事、抒情、寫景、議論、寫聯語、命名，都是文字生生不息的影響與傳遞，因此她從氣韻形聲、情感深度與思考力度等三個角度，帶領同學品賞經典名篇在形式、內涵與思想的美好與深度。在選擇文本上，美桂老師貼心導讀《史記》與《世說新語》，以及在新課綱後加入國文課本的臺灣古典散文名篇，開拓了學生閱讀的範疇，也更讓讀者體會古典散文的思想靈光，吸取前人的生命精華、代代流傳下來的文字智慧。

在高中教育現場，戲劇經常遭到忽略，可是在接軌世界時，西方的文學教育中戲劇一直是重要的文類，從希臘悲劇到莎士比亞，都進入西方人的思維與日常談論中。馮翊綱以「戲臺上死去活來」六講，希望透過戲劇導論的課程，一掃中學生「戲劇文盲」的現象，讓學生能有基礎的劇本閱讀能力，也能藉由讀劇或演出提升表達能力。

面對一〇八課綱的挑戰，大考制度的革新，新的大學入學方式以及高中教學方式的改變，中學生必須要以更強的表達力來完勝面試，也必須要以更強的寫作力來充實學習歷程檔案。可是社會上出現了非常多疑慮的聲音：多元入學模式會不會造成不公平？學習歷程檔案會不會造成弱勢者的負擔？所以這一個系列的公益課程，我希望由大學老師現身說法，讓同學們可以安心地透過日常的學習，充實豐富好學習歷程檔案，甚至可以輕鬆的面對面試。

所有課程影片線上免費收看，也歡迎中學老師課堂應用，期待偏鄉的孩子也能自學，追趕上文學教學革新的新風潮。

尤其在新的大考趨勢底下，考題的出處已經不限於教科書，可說沒有範圍而且題目敘述越來越長了，學生更需要大量閱讀，充實更多的人文知識，以及更強的文學素養，才能因應自主學習、專題研究以及解讀各種的試題。因此在這個系列的課程當中，我們也很高興邀請知名的散文作家顏訥和師鐸獎得主易理玉老師，把課堂的經驗帶到高中國文的教學裡，同時傳授閱讀與寫作的經驗。顏訥特別以「每天都該來一點的散文寫作操」為主題，以練功與文字瑜伽為譬喻，以生動幽默的講解，搭配當代新生代創作者的文章，和學子分享在日常生活中如何儲備題材，搭建敘事鷹架，把魔鬼藏進細節裡，從閱讀中拆解零件再組裝，讓落下的每一個字，都能找到適合的位置，無非期望對寫作有興趣，或者被寫作困擾著的年輕朋友們，可以更從容地用文字練功。

易理玉說，她總喜歡提醒學生，孔子周遊列國，他的門生其實都青春洋溢，懷抱熱情，要為天下帶來和平與繁榮，因此學生若收看她的「論孟高手養成記」也應該會滿腔青春熱血。因此，她希望讓學生從現代生活的語境中，迅速掌握經典中的經典，畢竟孔子和孟子談仁、講義，看起來非比尋常，其實都是日常的經驗和反思，尤其在動盪的時局中，哲人的思考正是「亂世的清音與雷鳴」，仔細思索與辯證，閱讀論語與孟子，將讓學生握有表達力和人脈力兩張王牌。

「Young文學——國文起手式」是簡靜惠老師與洪建全基金會給新世代的一個禮物，為青少年提出全新的數位課堂計畫。也因此實現了簡靜惠老師把大學文學院搬到社會的理想，希望以公益開放的理念，借重數位傳播無遠弗屆的力量，為青年文學教育再植栽一片文學的桃花源。

【後記】

「Young文學——國文起手式」自二〇二一年十二月正式於敏隆講堂YouTube發布，一共四十八集，截至二〇二三年十一月底，世界各地讀者到敏隆講堂TouTube累計觀看次數超過十一萬次。在網站後臺分析出觀眾的背景中，學生占四成，老師與家長占三成。這系列課程不但受到專業教師歡迎，親子也可以一起在網路上親炙大學教師、高中名師和知名作家的公益文學課。

華視教育體育文化臺將系列課程搬上數位電視臺，在二〇二二年六月十日起開始播出，且不斷重複輪播，一直受到歡迎，截至二〇二三年四月底為止，以全國收視戶估算，預計有六至十萬人收看過。

其後，專為國中、小學及高中學生設計的「均一教育平臺」線上教學平臺，也把這一系列課程列為線上學習課，於二〇二三年七月起供師生選播並使用，更讓「Young文學——國文起手式」造福偏鄉師生。

【心動聽】

Young文學
國文起手式

LEARN 73

怦然心動的文學課

作　者—須文蔚
特約專案總編輯—曾文娟
文藝線主編—何秉修
校　對—須文蔚、曾文娟、胡金倫、葉映禎
責任企畫—陳玉笈
封面暨內頁設計—許晉維
內頁排版—立全電腦印前排版有限公司

總 編 輯—胡金倫
董 事 長—趙政岷
出 版 者—時報文化出版企業股份有限公司
一〇八〇一九台北市和平西路三段二四〇號七樓
發行專線—(〇二)二三〇六六八四二
讀者服務專線—〇八〇〇二三一七〇五
(〇二)二三〇四七一〇三
讀者服務傳真—(〇二)二三〇四六八五八
郵撥—一九三四四七二四時報文化出版公司
信箱—一〇八九九臺北華江橋郵局第九九信箱

時報悅讀網—www.readingtimes.com.tw
時報文藝／Literature & art臉書—https://www.facebook.com/readingtimesLiterature
法律顧問—理律法律事務所 陳長文律師、李念祖律師
印　刷—勁達印刷有限公司
初版一刷—二〇二四年一月十九日
定　價—新台幣三八〇元
(缺頁或破損的書，請寄回更換)

時報文化出版公司成立於一九七五年，
一九九九年股票上櫃公開發行，二〇〇八年脫離中時集團非屬旺中，
以「尊重智慧與創意的文化事業」為信念。

怦然心動的文學課 / 須文蔚著. -- 初版. -- 臺北市 : 時報文化出版企業股份有限公司, 2024.01
面 ;14.8×21 公分. -- (Learn ; 73)

ISBN 978-626-374-772-2(平裝)

1.CST: 國文科 2.CST: 高等教育 3.CST: 文集

820.33　　112021330

ISBN 978-626-374-772-2
Printed in Taiwan